BBN
B●BOY NOVELS

皇帝とラブラブ子育て❤

加納　邑

イラスト／松本テマリ

この物語はフィクションであり、実際の人物・
団体・事件等とは、一切関係ありません。

CONTENTS

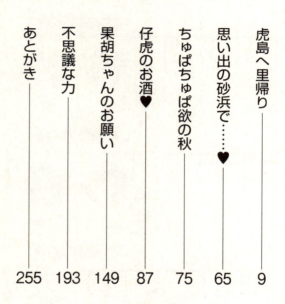

皇帝家 系図

皇帝シリーズはシリーズ5冊目の「皇帝は愛妃を娶る」から「皇帝は巫子姫に溺れる」まで、血筋が脈々と続いております。その血統を一覧にしました。

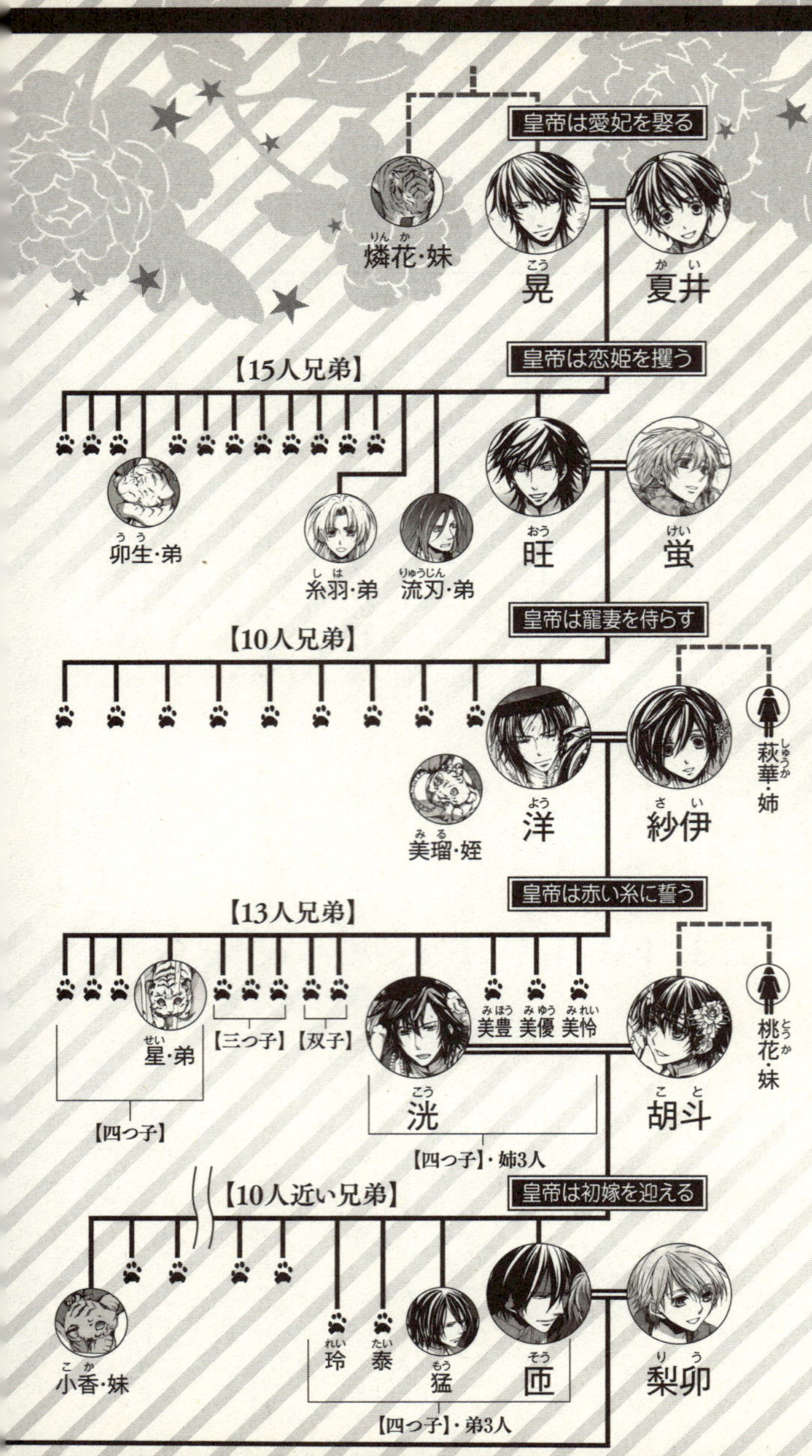

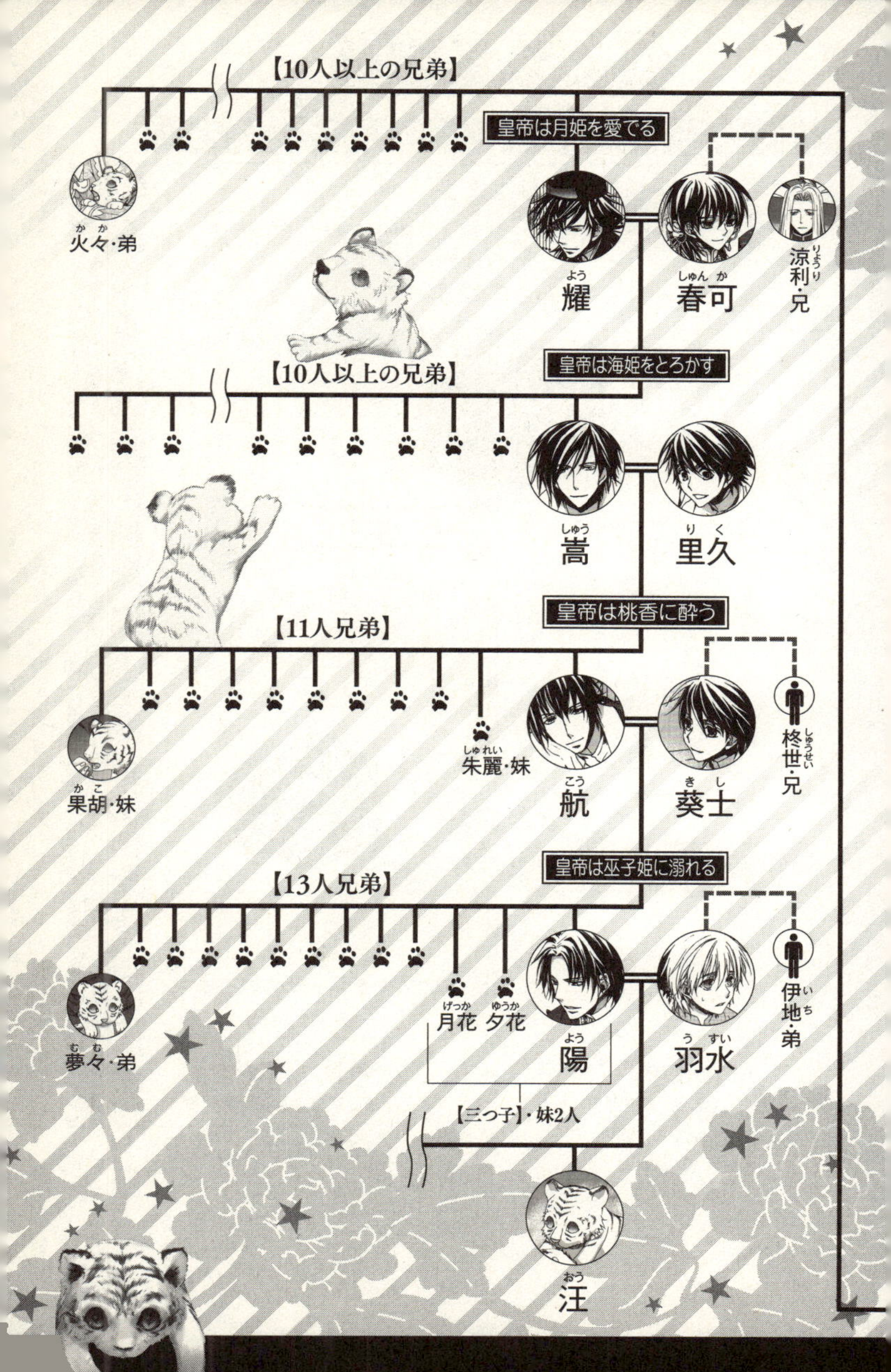

【10人以上の兄弟】
皇帝は月姫を愛でる
火々《かか》・弟
耀《よう》
春可《しゅんか》
涼利《りょうり》・兄
皇帝は海姫をとろかす
【10人以上の兄弟】
嵩《しゅう》
里久《りく》
皇帝は桃香に酔う
【11人兄弟】
果胡《かこ》・妹
朱麗《しゅれい》・妹
航《こう》
葵士《きし》
柊世《しゅうせい》・兄
皇帝は巫子姫に溺れる
【13人兄弟】
夢々《むむ》・弟
月花《げっか》 夕花《ゆうか》
陽《よう》
羽水《うすい》
伊地《いち》・弟
【三つ子】・妹2人
汪《おう》

皇帝一家の一日

仔虎	皇帝
おはよう	
まどろみちゅう	部屋着に着替え
あさごはん	
あそぶ	執務用の服に着替え
おやつ	
おひるごはん	← たまに一緒に昼食
おひるね	執　務
おやつ	
あそぶ	
よるごはん	
おふろ	
おやすみ	執　務 忙しいときは、日付が変わるまで!
	♥就　寝♥ 2人で過ごすラブラブな時間♥

06:00 07:00 08:00 09:00 10:00 11:00 12:00 13:00 14:00 15:00 16:00 17:00 18:00 19:00 20:00 21:00 22:00 23:00 24:00

たべたらあそんだり、
おべんきょう
したりもするよ★

みんな
いっしょ★

〈仔虎メモ〉

仔虎が皇帝夫妻と
いっしょに寝るのは、5歳くらいまで。
その後は自室を与えられて、
1人で寝るようになります。

〈皇帝メモ〉

基本的に決まった休みはありませんが、1週間に1度くらい、半日は休みをとるようにしています。忙しくないときは、2、3日のまとまった休みをとることもあります。夏と冬に、1週間くらいの休みが年間予定とされていますが、実際にはなかなかとれていない現状。

虎島へ里帰り

「皇帝は海姫をとろかす」　嵩×里久

青空に広げた巨大な帆に南方からの追い風を受け、皇帝船は力強く北へと向かっていた。

二日前の朝、都から馬車で一刻ほどの距離にある港を出発して――。

里久《りく》たちの乗る皇帝船は、それぞれ千人近くもの兵士を乗せた大きな軍船百隻に周りを護衛され、初夏の明るい陽射しの下、海上の波を切って進んでいる。

目指しているのは、北方一大きな港町だ。

正午近くになり、前方に薄《う》っすらと島影が見えてきた。

こんもりとした小さなそれを見て、里久はパッと顔を輝かせる。

「あ、島が見えてきたっ……」

甲板《かんぱん》の中央で前方を眺めていた里久は、二十一歳の男にしてはほっそりとした身体つきだ。

大きな黒い瞳で、南国風の顔立ち。小さな頃から重ねてきた日焼けは皇城内で五年間暮らしてもまだ抜けきっておらず、肌は健康的な小麦色をしている。

その水色の着物の胸に抱いた白い仔虎を落とさないようにしつつ、里久は隣を見下ろした。

「あれが虎島《とらじま》だよ。航《こう》……見える？」

「はい」

父親の嵩《しゅう》に手を繋がれて立っている五歳の航が、しっかりと頷《うなず》く。

里久が十六歳のときに結婚して、五年――。

三十歳を過ぎた嵩は、皇帝の印である黒い冠を被り、立派な紫色の着物をまとっていた。

航はまだ子供で、その彼の腰の辺りまでしか身長がない。第一皇子らしく、絹の上等な着物を身につけている。幼いながらもキリッとした顔立ちに、皇族としての気品が漂う。

彼は里久を見上げ、愛らしい紫色の瞳をキラキラと輝かせた。

「母上が、いつも話してくださっていた故郷の島ですね。母上が以前、五年ほど住んでいらしたお寺のある島で……。虎も、たくさん棲《す》んでいるという……」

「うん」

里久は目を細めて頷く。

「でも、今も虎が『棲んでいる』わけじゃないよ。過去に虎が『棲んでいた』島だね……」

「棲んで『いた』……？」

「以前、僕があの島で世話していた十五頭の仔虎たちは、少し大きくなってから、内陸に造られた保護施設の方へ移ったんだ。そこで数年暮らしていたけど、自然の中で生きていく訓練を受けたあと、皆、山の中へ帰された、って聞いたから……」

「では、もう虎はいないのですか」

航が里久を見上げたまま、残念そうに眉尻を下げた。

しかし、すぐに一転し、にこっと微笑む。

「でも、これから行く『虎島』は、母上と父上が出会われた島ですよね。そのような島に行けて、僕はとてもうれしいです！」

航は興奮しているらしく頰を薄く紅潮させ、そばに立つ囲方《いほう》の方を振り返った。

「もっとよく島が見えるように、船の先端の方へ行ってみます！　囲方、さあ、行こうっ！」

「はいっ」

腕をつかまれて引っ張られた囲方が、航といっしょに駆け出す。

広い甲板の上を、船首の方へ向かって走っていく子供二人。

航の側近候補の囲方は航より一つ年上だし、背も高くて大人びて見える。しかし、黒髪を海風になびかせ、バタバタと夢中になって走っていく彼らを見ていると、やはりまだどちらも小さな子供だと感じられて、里久は心配でハラハラした。

「航っ、気をつけてねっ！　海に落ちたりしないようにっ！」

口に手を添えて叫ぶと、前方に小さく見える航が走りながら振り返る。

「分かっております、大丈夫ですっ……！」

「囲方もねっ」

「はい、承知しておりますっ！」

囲方も振り返りざまにそう叫び返して一礼し、また前を向いて走っていった。

二人は里久から遠方に見える船首の前に着くと、船の横縁《よこへり》の前に仲良く並んで立つ。

そして前方の島を指差し、眺め始めた。

船の高い縁によじ上ったり、そこに手を掛けて大きく海上へ身を乗り出して島を眺めたりといった、危ないことはしないつもりのようだ。

二人のまずまず大人しい様子に、里久はホッと胸を撫で下ろす。

「ふう～っ……」

肩で息を吐いたあと苦笑し、隣に立つ嵩の方を向いた。

「二人とも、わざわざあんなところまで見に行かなくても……ここに立って待っていれば、すぐに島の方からこっちに近づいてくるのに。ここにいたって、よく見えるようになるのに……子供っていうのは、いつも性急だよね」

「そうだな」

「それに、今夜も明日の夜もあの虎島に泊まる予定になっているのに。島の様子とかは、滞在する二日かけて嫌っていうほど見られるのに。どうして、あんな……」

「まあ、いいではないか」

嵩が光沢のある絹の着物の腰に片手を当てる。

彼は、黒い冠の上に載っている長方形の板の前後から、簾《すだれ》のように何本も垂れ下がっている飾り紐の向こうで、男らしく朗《ほが》らかに微笑んだ。

「航は、逸《はや》る気持ちを抑えられないのだろう。これまで俺たちから何度も聞かされていた虎島を、ようやく実際に見ることができて」

「それにしても、航は落ち着きがないっていうか、元気過ぎるっていうか……」

里久は自分の胸にしっかりと抱いている小さな白虎の赤ちゃんに、よしよし、とやさしく声を掛けてあやしながら、心配になって訴えた。

「男の子だから、元気なのはいいんだけど……。でも、いきなり突拍子もない行動をするときがあって、僕はいつもヒヤヒヤだよ。ついこの間も、正宮の廊下に新しく飾られた大きな花瓶を、めずらしがって……ダメだって言ったのに、自分が持ち上げられるか試してみたいなんて言って持ち上げようとして、結局、倒して割っちゃって……。航は、危うく大怪我をするところだったんだよ……？」

「ふむ……」

瞬きをしながら話を聞いていた嵩が、拳《こぶし》を縦にして顎《あご》に当て、うんうん、と頷く。

「確かに、お前の言うとおりだな……。航は元気過ぎるというか、何事にも積極的に挑むというか。男の子らしくていいとも思えるのだが……まあ、悪いように言えば、たまに『落ち着きがない』とか『性急』とか評される行動を取ることもある」

彼は遠い船首ではしゃいでいる航と囲方の方を見つめ、紫色の瞳をにこりと細めた。

「きっと、航のそういった性格は俺に似たのだろう。すまない」

「嵩、うれしそうに言わないでよ」

目尻を盛大に下げている嵩に、里久は、ぷう、と頬を膨《ふく》らませる。

息子の航が自分に似ていることが、父親の嵩はうれしくて仕方がないようだ。すまない、などと口では言いながら、航を誇らしく思っているのだろう。

蕩《とろ》けそうに甘い表情で航の方を眺めている嵩に、里久は心の中でため息を吐いた。

(もう……航は本当に、嵩に似ているよ……)

強い潮の匂いのする海風に吹かれながら、腰に手を当て堂々と立っている嵩。

頭には、皇帝しか被ることを許されていない独特の形をした黒い冠を被っている。

冠の前後に簾のように垂れ下がっている飾り紐の先端には、それぞれ小さな玉石がついている。

丸いそれらが、甲板を抜けていく風にゆらゆらと揺れていた。

遠くからでも一目で皇帝と分かる、立派で目立つ冠だ。

大国の頂点に立つ人物であることを示し、皇帝としての威厳も感じさせる冠。それを被っていても、嵩はその迫力に負けることはない。

光沢のある紫色の着物をまとった、引きしまっていて男らしい身体。

広い肩にかかる不揃いな黒髪。彫りが深く、鼻筋の通った顔。海風に揺れる冠の飾り紐の向こうで微笑んでいる瞳は、宝石のような深い紫色をしている。

野性的で豪胆そうな容姿だが、温かな笑みからは繊細さや慈悲深さがうかがえて——。

彼のすべてが華やかな魅力に溢《あふ》れ、特殊な冠や最上級の着物をも、圧倒してしまうのだ。

嵩の息子の航は、そんな彼にそっくりだ。

古《いにしえ》から皇家に伝わる獣の虎の血を受け継いでいる証《あかし》として、瞳は美しい紫色。

艶やかな黒髪も、子供ながらにキリッとした男らしい顔立ちも、逞《たくま》しく育ちそうな長い手足も。物怖じせず明るく快活なところも、やさしい性格も。

外見だけでなく、内面もよく似ていると、里久は常々感じている。

(でも、まあ……僕としてもうれしいけどね、航が嵩に似ているのは……。でも、もうちょっとだけ落ち着いて欲しいと思うんだ、怪我とかも心配だし……。まだ五歳で子供だから、仕方ないっていうのは分かっているけど……)

もう少し年齢を経れば、自然と落ち着いた行動を取ってくれるようになるだろうか。

里久がそんなことを考えていると、嵩がすっと一歩近づいてきた。

彼は、里久が胸に抱いている白い仔虎を——半年前に生まれたばかりの航の妹を、うっとりとした眼差《まなざ》しで覗《のぞ》き込んでくる。

「この子も、俺に似た性格になるだろうか……」

「ええっ？」

里久は思わず悲鳴のような声を上げ、首を横に振った。

「朱麗《しゅれい》は女の子だから、嵩に似たら困るよっ」

「む、そうか？」

「そうだよ！　この子が航みたいに活発過ぎたら、しょっちゅう怪我をしたり、行方が分からなくなったり……大変だよっ？　女の子は男の子の航よりずっと危険っていうか、心配しなくちゃいけないことが多いんだから……。元気なのは、ほどほどでいいよ」

「うーむ……」

嵩は納得のいかない顔で、里久の胸で口を開けて小さな欠伸《あくび》をした仔虎をじっと見つめていたが、不意に顔を上げ、うんうんと何度も頷く。

「そうだな……二番目の子は、俺ではなくお前に似ているというのもいいな。朱麗の容姿はどちらかというと、お前に似ているし……」

「瞳の色は、しっかり嵩と同じ紫色だけどね」

「お前に似たら、やさしくて愛らしい子に育つだろう。お前そっくりの、誰からも愛される子に……うむ、今から成長が楽しみだ」

「嵩……」

まるで嵩からベタ褒めされているかのようで、里久は照れ臭くなった。

頬を染めていると、胸に抱いた仔虎が不思議そうに見上げてくる。

「きゅ……？」

なんでもないよ、と言って、仔虎をやさしく揺すってあやした。その姿を、すぐそばから嵩に愛情深い目でじっと見つめられて、ますます照れてしまう。

「あ……」

穏やかな海上の方へ視線を移そうとしたとき、左手の陸地の前方に港町が見えてきた。

「ああ、見えてきたな」

嵩も前方へ顔を向け、懐かしそうに目を細める。

「俺たちの、思い出の街だ」

「うん」

「俺たちがいっしょに食事をした娼館も、あそこに見えてきた。あれからもう、五年も経《た》つのか。早いものだな……」

北方の港町には、今回の旅では最初に立ち寄ることになっている。

この土地に滞在する三日間のうち、そのほとんどを虎島で過ごす予定になっているが、まずは港町に船を着け、昼食をとるのだ。

二階建ての四角い建物がごちゃごちゃと並ぶ街の様子も、よく見えるようになってきた。どことなく感じる、故郷の空気と匂い——。

言い表しようのないほど強い懐かしさが、里久の心の奥から、ふわっと湧き上がってきたそのとき、下の船室に繋がる階段から一人の男性が上がってきた。

「嵩様……。そろそろ、船が陸の方へ向かうそうです」

焦げ茶色の髪を首の後ろで束ねた、背の高い男性。洒落《しゃれ》た遊び人風の雰囲気をまとった右慶《うけい》が、甲板に上がって里久たちに近づいてくる。

「もしかしたら、船が大きく揺れるかもしれませんので、ご注意を」

「おお、右慶」

自身の側近《そっきん》の右慶を、嵩は笑顔で迎えた。

「覚えているか、五年前の旅でのことを……。この土地で、俺とお前は虎島に渡ろうとして嵐に遭《あ》い、里久に助けられて……」

「よく覚えていますとも」

右慶が両方の拳を腰に当て、大仰《おおぎょう》に肩でため息を吐いてみせる。

「島にいる虎を見たい、というあなたの酔狂《すいきょう》に付き合ったおかげで、危うく命を失くすところだったのですから。あなたにお仕《つか》えしていると、命がいくつあっても足りません」

「確かにそうだな」

「おまけに、都へ帰る直前に、あなたは船の上で、飢えた虎たちに食い殺されそうになるし……。私があのとき、どれだけ焦《あせ》ったか分かっているのですか?」

「ハハ」

右慶のクドクドとした小言を、嵩は軽く笑い飛ばした。

「まあ、お互いに無事で、今もこうして生きているのだから、いいではないか」

「『ハハ』じゃなくて、ですね。だいたい、嵩様は……」

秀麗《しゅうれい》な眉を寄せた右慶が、さらに説教を続けようとするのを、嵩は軽く手を上げて遮る。

「ああもう、お前の言いたいことは分かっている。だから、これ以上なにも言うな」

「言いたくもなります、この地での苦労を思い起こせば……。まあ、あなたとの一年にも及ぶ旅は、そういった苦労や、とんでもない事態の連続で……今思い返してみると、なかなか充実していて、楽しくもありましたが……」

「そうだろう?」

「また旅に出たくなりますね、こんな思い出の地に来ると……」

右慶は近づいてきた港町の方を眺め、しみじみと呟《つぶや》く。

嵩はその言葉に頷いた。

「お前との五年前の旅は、俺にとっても人生で何番目かに大切な思い出だ……。あの旅のおかげで、里久とも出会えたしな。こうして里久を生涯の伴侶とし、航や朱麗といった可愛い仔虎たちも授《さず》かることができた」

「そうですね。まったくもって、今の嵩様があるのは私のおかげです」

「いや、そこまでは言っていないが……」

苦笑する嵩と、彼を皇帝とも思っていないかのようにズケズケとものを言う右慶。

彼らのことをよく知らない者が聞いたら、なんて無礼なと思うだろう。だが、右慶がまるで友人のような態度なのも、それを嵩が許しているのも、二人がお互いに心から信頼し合っているからなのだ。

(相変わらずだなあ、二人とも……)

ざっくばらんになんでも話し合う、少し変わった関係の主従。

里久がこの二人と出会ったのは、五年前のことだった。

今から五年前――里久がまだ十六歳のときに、虎島の砂浜で二人を助けたのが縁だ。

当時、里久は島にある寺で、父母を亡くしてから五年ほど世話になっていた。その島の海岸に、嵐で小船から海へ投げ出された嵩と右慶が流れ着いた。

彼らを助けて寺に滞在させ、いっしょに仔虎たちの世話をするうちに、嵩と恋に落ちた。

嵩が旅から帰ればすぐに皇帝の位を継ぐ予定となっている第一皇子であると知ったのは、彼の生涯の伴侶となる約束をしたあとのことで、里久は心底びっくりしたのだった。

彼とともに北方の地を離れ、都の皇城で暮らして、あっという間に五年が経った。

いつでも好きなときに、北方の地へ両親の墓参りに帰ってもいい。そう嵩から言われていたものの――慣れない皇城で生活しなければならなかったことや、すぐに皇子の航が生まれてバタバタと忙しく過ごしていたこともあって、なかなか里帰りは叶えられなかった。

だが、最近では、皇城での暮らしや、しきたりにもすっかり慣れた。

嵩の両親である前皇帝夫妻や、弟妹たちとも仲良くやっている。毎日が順調で、嵩の皇帝としての仕事も落ち着いた時期に入ったことから、今回の旅の話が持ち上がった。

嵩が提案し、家族でぜひ行こう、と誘ってくれたのだ。

都から徒歩では二十日ほどかかる北方の港町だが、大型の船を使ったので二日で着いた。

滞在は三日間の予定で、今日は港町で昼食をとったあと、墓参りをしてから虎島へ渡る。

二日目は、虎島で海水浴や山の散策などをしてゆっくりと過ごし、一泊目と同じく虎島の寺に泊まる。そして三日目は、虎島から港町のある本土へ戻り、内陸にできたという虎の保護施設を視察し、港街の観光もして、夜になったら軍船とともに都に帰る。

今回の旅は、結婚し仔虎が生まれてから初めての、家族揃っての遠出だ。

生後半年の仔虎もいっしょの船旅は、少し大変かもしれないとも思ったが、余裕のある日程を組めば大丈夫だろうと、嵩と話し合って出発を決めた。

今日の日を、里久は心から楽しみにしていたのだ。

(船酔いを心配したけど、この子も航も、体調を崩さずにすごく元気だし……。虎の仔っていうのは、やっぱり皆、生まれつき丈夫なのかな……)

自分の胸に抱いている白い仔虎に、里久はそっと頬擦りしてみる。

仔虎は、きゅ、と鳴きながら、その前脚でポンポンと里久の額を打った。プニプニとしたやわらかな肉球の感触に、里久の胸はほわりと温かくなる。

(両親のお墓参りはずっとしたかったし、この子や航に、僕の故郷を見せてあげることもできるし……。うれしいな、この土地に来ることができて……)

ますます強く、ギュウギュウと頬を擦りつけていると、右慶が船首の方へ顔を向けた。

「先端におられると危ないですので、皇子たちを呼び戻しませんと……」

彼の言葉で里久はハッと我に返り、あわてて顔を上げる。

「あ、そ、そうだね、ちょっと待って……。航、航ーっ……！」

船首の方で振り返った航と囲方に、大きな声で呼びかけた。

「もうすぐ、船が岸に着くよっ！　戻っておいでーっ！」

「はーいっ！」

囲方とともに急いで走って戻ってきた航は、右慶を笑顔で見上げる。

「右慶、喉が渇いた」

皇子の航に甘い右慶は、微笑んで頷いた。

「は……では、侍女に、なにかお飲み物を運ばせます。なにがよろしいですか？」

「いい。待っていられないから、自分で厨房《ちゅうぼう》へ行く」

航は右慶の腕に抱きつき、全身で引っ張る。

「右慶、いっしょに来て」

「はいはい……では」

「囲方、父上たちの相手をしていてくれ」

航は囲方にそう言い残すと、右慶の腕をパッと離し、階段の方へ向かって走り出した。

「あっ、航、走らないでっ……！」

里久は鋭い声で制したが、航は聞かずに階段を駆け下りていってしまう。

そのあとを、右慶があわてて追っていった。

二人の慌ただしい様子を見ていた里久は、彼らの姿が甲板から消えてすぐに、ふうーっ、と長いため息を吐く。

「やっぱり、バタバタして……。航が船の階段から転がり落ちて怪我でもしないかって、すごく心配だよ」

「右慶がついているから大丈夫だろう」

嵩が、ハハ、と笑ったとき、皇帝船は左方向へ大きく舵《かじ》を切った。

船がザザッと波を切る音とともに、港町が眼前に迫ってくる。嵩がそちらの方を指差しながら、そばに立つ囲方を見下ろして微笑みかけた。

「囲方、あそこに三階建ての建物が見えるだろう？　赤い壁の、派手で目立つ……」

「はい」

囲方が港町の方を見てしっかりと頷き、嵩は満足そうに頷いた。

「あそこが、これから俺たちが……お前もいっしょに、昼食をとる場所だ。娼館なのだが、美味《うま》い料理を出してくれるぞ」

「娼館……とは、なんですか？　初めて聞きます」

戸惑ったように瞬きして見上げる囲方に、嵩はまたにこやかに頷く。

「む……そうだな、主に、男の楽しみに利用される場所だが……まあ、それはともかく、都からいっしょに来た、一万人近い兵士たちに配る昼食の用意も、あそこに頼んである。……あの店は、俺と里久の思い出の場所でもあってな……。あの店の三階の部屋で、俺たちは出会って初めて、口付け以上のことを……」

「……」

「しゅ、嵩、ちょっと！」

里久は頬を染め、仔虎を抱いたまま嵩の方へ一歩踏み出した。

「子供になんてことをっ……？」

「いいではないか。囲方に、俺たちの馴れ初《なそ》めを教えてやっているのだ。これから航と皇家に仕えてもらうにあたって、お互いのことをよく知っておくのは重要だろう？　今回の旅行の間に、囲方とこれまでよりも親密になっておきたい」

「っ？　だとしても、僕たちのそんな情報を教える必要があるのっ……？」

「もちろんだ。俺たちの馴れ初めについては、俺の側近の右慶も知っているしな。囲方も知っておいた方が、なにかと便利だろう」

嵩は当然のように頷き、滑らかな口調で続ける。

「囲方……もう一つ、重要なことを教えておいてやろう。俺たちの息子の航だが……実は、この地から都へと向かう船の中でできたのだ。つまり、海の上で授かり……俺たちの出会いが海でもあったことから、海にちなんだ名前をつけた」

「そうだったのですか……」

囲方は動揺もせず、落ち着いた表情で頷いた。

「実は前々から、もしかしたらそうではないのかな、と思っておりました。航様のお名前と、里久様が北方の港町近くのご出身とのことで……」

「うむ、そうか」

「航様はご両親に大変愛されておられるのだと、改めて感じました」

「勉強になっただろう？」

囲方が、はい、と頷くと、嵩はまた得意そうに話し始める。

「それからな、昼食後に行く墓参りの場所は、虎島の対岸にある。そこには里久が両親と住んでいた家もあって、その砂浜で俺たちは初めて結ば――」

「――嵩っ！　その手の話は、もういいからっ！」

悲鳴を上げるようにして制した里久の声があまりに大きかったからか、嵩が口を噤《つぐ》んだ。

里久はホッとして、隣に立つ囲方を見下ろす。

「い、囲方、今聞いた話は、航には――」

「はい、分かっております」

里久が、話さないで、と言う前に、囲方が真面目な顔のままで見上げてきた。

「もし、私の願いをお聞きいただけましたら……今聞いたお話を、航様にはお話しいたしません。

ぜったいに……」

「『願い』……？」

「皇女様を、私に抱かせていただきたいのですが……」

「え、この子を……？」

囲方は里久の胸に抱かれている白い仔虎をじっと見つめながら、里久に問う。

「よろしいですか？」

「……」

里久はすぐには返事ができず、しばらく考え込んだ。

子供の囲方に抱かせても大丈夫だろうか。船が大きく揺れたら仔虎を甲板に落としてしまわないだろうか、と思い、チラッと嵩の方を見てみる。

嵩が、大丈夫だろう、というように顎をしゃくったのを見て、里久も頷いた。

（万が一、囲方がうっかり手を離しちゃったとしても……朱麗はもう、自分でちゃんと甲板に跳び降りられるから、大丈夫だ。それに、甲板の中央にいるから、船の横縁を越えて海に転がり落ちちゃうこともないだろうし……）

里久はそう思い、少し膝を屈《かが》める。そうして両腕で胸に抱いている仔虎の皇女を、囲方の前にそっと差し出した。

囲方は両手を伸ばしてきて、仔虎の皇女をしっかりと抱く。

「船が急に揺れるかもしれないから、気をつけてね」

「はいっ！」

囲方はうれしそうに、皇女を自分の胸にギュッと抱きしめた。

囲方は、日頃からあまり感情を表に出さない。

大人しいというより、子供ながら感情を制御することに長《た》けているようだ。囲方が航の側近候補になったのは一ヶ月前からだが、そのときからずっとそうだった。航と遊んでいても、大口を開けて笑うようなことはない。彼の父母や周囲からそのように教育されてきたからというのも原因だろうが、生来《せいらい》の真面目な性格のせいもあるのだろう。特に、皇帝の嵩とその伴侶の里久の前では、緊張もあるのか、これまで硬い表情しか見せたことがなかった。

嵩も、囲方の何事にも動じない、肝《きも》の据《す》わったところを気に入って、数多くいた航の側近候補の少年の中から、彼を一番に選んだと聞いた。

そんな囲方に、里久は、さすが側近候補になるような子は違うな、と感心していた。

けれど、同時に、もう少しだけ子供らしい顔も見たいかな、とも思っていたのだ。

今、目の前で仔虎の皇女を抱いている囲方は、いつもより雰囲気がやわらかい。口元も緩んで、わずかに微笑んでいるようだ。

初めてかもしれない囲方のそんな表情を見られて、里久はなんだか急にうれしくなった。

（あ……？　囲方、ちょっと……ううん、かなりうれしそうだ……）

もしかしたら、仔虎を抱いているせいだろうか。

先ほどのように、交換条件としてわざわざ『お願い』するくらいだから、よほど抱いてみたかったのだろう。しかし、どうして、という疑問が残る。

(仔虎の皇女を抱かせて欲しい、って……。子供にしては……ううん、子供じゃなくて大人だったとしても、ちょっと変わったお願いだよね……?)

ふわふわの仔虎の朱麗を大事そうに抱く囲方に、里久は問いかけた。

「ねえ……囲方は、仔虎姿の皇女を可愛いと思うの?」

「はい」

囲方は仔虎をうっとりと見つめながら、はっきりと答える。

「小さな仔虎の姿をした皇女様は、この世で一番可愛らしいと思います」

「こ、この世で、一番……?」

「このやわらかな抱き心地といい、適度な重みといい、短い脚といい……。白いふわふわの毛といい、丸い耳といい、ぽってりとしたお腹といい……きゅうきゅう、と甘えたような声で鳴くところといい、すべてが愛らしいです。天上の神が作られたもので、仔虎以上に上手く、愛らしくできているものは他にないと思います」

「う、うん……そ、そうかな……?」

あまりの褒めぶりに戸惑う里久に向かって、囲方は熱っぽく語り続けた。

「さらに言わせていただくと、仔虎というのは短い脚で駆け回る姿が、またなんとも可愛らしいと思います。大人になれば大型の肉食獣として恐れられる存在ですが、その幼獣のときの姿というのは、これほど無邪気で天真爛漫《てんしんらんまん》なのか、と驚くほどで……。よりいっそう、仔虎が可愛らしく思えるというか……」

「あ……そ、そうだね、それは確かに……」

恐ろしい猛獣のはずなのに可愛く感じる、という点については、里久も同意できる。夫であり皇帝でもある嵩が白虎の姿に変化したときは、とても大きい。里久などその胸にすっぽりと埋まってしまうくらいだ。だが、それでも、ゴロゴロと喉を鳴らして頭を擦りつけてくる白虎の姿を、つい、可愛い、と思ってしまうから……。

里久が、うんうん、と深く頷いていると、囲方が顔を上げた。

「ありがとうございました、里久様」

彼は満足しきった顔で、仔虎の皇女の頭を撫でてから、里久の方へそっと差し出してくる。

「仔虎の皇女様を初めて抱くことができて、とても幸せです」

「……」

里久は仔虎を受け取り、これはないだろうけど……と内心否定しつつも問いかけた。

「えっと、その……囲方は、皇女が好き……なの？」

「は？」

予想どおり、目を丸くして不審そうに見上げられた。あわてて言い直す。

「あ、ええと……皇女はまだ赤ちゃんだし、そんなわけはなくて……。囲方は、皇女がっていうより、『仔虎』が好きなんだね？」

「はい」

囲方は、どうしてそんな当然のことを訊《き》かれるのだろうと言いたげな、不審そうな顔だ。

「先ほども申し上げたとおり、仔虎はこの世で最高の生き物だと思います。仔虎より可愛いものは、この世に存在しません」

「じゃあ、航のことも……可愛いと思う？」

里久はふと興味が湧き、訊いてみた。

「その……航が仔虎の姿になっているところを、見たことがあるよね？　仔虎が好きなら、航のことも、皇女と同じように可愛らしいと思う……？」

「航様ですか？　航様はあまり……」

囲方は皇家の虎の血のことも、里久が男ながらに航を産んだことも知っている。

母にあたる里久に、息子の航への否定的な見解を告げるのには、子供ながらに遠慮があるのだろう。彼は、少し言葉を濁しながら話した。

「いえ、あの……まったく可愛くない、と思っているわけではありませんが……。ですが、航様はすでに育ち過ぎているかと……」

「育ち過ぎ……？」

「やはり私としては、もう少し小さな仔虎の方が可愛いかと思います。きっちりと三頭身くらいの……。あ、二頭身くらいでもいいかと思います」

「そ、そう……」

航はまだ五歳で充分に小さいし、可愛いと思うけれど……。

と思ったが、親の欲目に思われそうなので、言うのをやめておいた。

里久が胸に抱いた仔虎をあやしていると、囲方は先ほど航と右慶が降りていった階段の方を、チラチラと気にして見る。

「航様のお帰りが遅いようですので、様子を見に行ってみます。もう船も陸に着きます。右慶様も、そろそろ皇帝様のおそばに戻られた方がよいと思いますし……」

囲方はそう言ったあと、里久と皇帝の嵩に向かって深く頭を下げた。

「それでは、失礼いたします」

「うん」

早足で歩いていく囲方の姿が甲板から消えてから、里久は長い息を吐く。

そばに立つ嵩が、不思議そうに首を傾げて問いかけてきた。

「どうした、里久？」

「ううん、ちょっと……。囲方って、仔虎がすごく好きなんだなあと思って……」

「む、俺も好きだぞ」

「そういうんじゃなくて。嵩もさっきのを見ていたよね？　朱麗のことをうれしそうに抱っこしていた。なんていうか……囲方って、少し変わった子なんだね」

側近候補となった一ヶ月前から、囲方は皇城で航といっしょに勉強している。

昼食もいっしょにとって、かなり長い時間をともに過ごしている。二人は気も合い、すでにお互いへの理解はかなり深まっているようだ。

けれど、里久が囲方と長く接するのは、今回のこの旅行が初めてだ。

仔虎がとても好き――という、囲方のこれまで知らなかった一面を知ることができて、驚いてもいるが、うれしい気持ちの方が大きい。

「でも、虎が苦手とか嫌いっていう子より、ずっといいけど」

「そうだな」

嵩が、海から吹いてくる潮風を浴びながら頷く。

「虎の姿になった航や朱麗を気味悪がったり、怖がったりするような者では、虎の血を引く航の側近となることはできない……。その点、ああして仔虎のことを可愛いから好きだと言い、うれしそうに抱いていた囲方は、航の側近として適任だろう」

「航とも朱麗とも、こだわりなく遊んだり、接してくれたりしそうだよね」

「本人は先ほど、仔虎限定で好きなのだというようなことを言っていたが……。まあ、大人の虎も、けっこう好きではあるだろう。だから、航が大人になっても……この先、ずっと皇家に仕えてもらうのに、囲方なら問題はなさそうだ」

「うんうん、そうだよね」

嵩は頷く里久に近づいてきて、胸に抱いている仔虎にそっと右手で触れる。

彼は仔虎の喉をくりくりと指で掻くようにして撫でながら、海風に揺れる黒い冠の飾り紐の向こうで目を細めた。

「朱麗よ、可愛い子だ。囲方ではないが、お前と航はこの世で一番可愛らしいぞ」

「きゅ……」

「もうすぐ港町に着くからな。着いたらすぐに、昼食にしよう」

「きゅ、きゅうっ！」

仔虎が甘え、嵩の手に自分の頬をスリスリと擦りつける。

ますます目尻を下げている嵩を見て、里久はクスッと微笑んだ。ほわりと温かな気持ちになり、先ほど囲方が去っていった階段の方へ視線をやる。

(囲方は確かに、ちょっと仔虎が好き過ぎるところとか、変わってはいるけど……。でも、真面目な子だし、いつも冷静で、航のことを上手く諌《いさ》めてくれそうだよ……)

嵩も、よく右慶から厳しく小言を言われている。

嵩は聞いていないように見えるが、ちゃんと右慶の言葉を聞いているのだ。

二人の間に幼い頃から培《つちか》ってきた深い信頼関係があるからこそ、右慶は皇帝の嵩に対して遠慮なくものを言う。嵩も、彼の言葉をきちんと心に留め置こうとする。

(航にとっての囲方が、嵩にとっての右慶みたいになってくれたらいいな……)

心の中でそう願いながら嵩と仔虎を見ているうちに、船がゆっくりと速度を落としていく。

港町が眼前に迫り、視界いっぱいに広がって見えるようになった。

様々な物を売る店や宿が立ち並ぶ、海岸沿いの通り。活気のあるそこを行き交う人々。

たまらなく懐かしい街並みを見つめていると、嵩がひょいと片手でその胸に仔虎の朱麗を抱き上げ、里久と並んで港町の方を向く。

「さあ、いよいよお前の故郷に帰ってきたな」

「うん……」

「家族皆での、初めての遠出の旅でもある。航と朱麗に、この地の美しさをよく見せてやろう。それから……家族水入らずでゆっくりと過ごして、よりいっそう絆《きずな》を深めよう」

「うんっ」

仔虎を抱いていない方の嵩の手で、身体の脇でギュッと強く手を握られた。里久は、愛情に溢れたやさしい笑みを浮かべた嵩に、自分も彼へのありったけの愛を込めて微笑み返した。

娼館での新鮮な魚介類の昼食に舌鼓を打ち、仔虎の朱麗に昼寝をさせてしばらく休憩をしたあと——家族皆で、砂浜にある里久の両親の墓にお参りをしに行った。

その後、虎島に着いたのは、夕方のことだ。

本土から海を渡るのには、漁師の小船を使った。

都からついてきた一万人近くの兵士の大半は、乗ってきた軍船と港町に泊まる。虎島に滞在するのは、里久と嵩、航、仔虎の朱麗、そして囲方と右慶の六人だけだ。荷物もほとんどない。だから、五、六人乗りくらいの漁師の小さな船を雇えばそれで充分だったのである。

それに、これから二晩、虎島の寺に皇帝一家が泊まることは秘密になっている。

警備上の観点からも、島の近くを常に何隻か行き交っているのと同じ漁師の小船を使った方が目立たず、危険が少なくていい、という理由もあった。

里久たちは、すでに昼食場所の娼館での休憩のときに、着物も着替えていた。

新しい着物は、上等な品質のものではあるが、一般の貴族が着るのと同程度のものだ。街や島でそれを身につけて過ごしていても、それほど目立たない。嵩も、皇帝用の黒い冠を脱いでいる。初めて見る者には、里久たちが皇帝とその家族とは分からないだろう。

皇城からついてきた兵士たちは、交替で虎島の周辺を警備してくれることになっている。

彼らは、虎島へ近づこうとする不審な船がいないかを、本土側の海岸や近くの海上から常に監視する。自分たちの正体が知られないように地元の漁師の振りをし、虎島のそばで小さな釣り船に乗って、島に異変がないかをさりげなく注視してくれるそうだ。

そんな兵士たちが、常に二千人ほど虎島の周りに配置される、と。

旅の出発前に軍部大臣からそう説明を受け、里久は安心して過ごすことができると思った。

まだ幼い子供たちがいっしょなので、出発前はどうしても、旅行中の警護がどうなるのかということが気になって仕方がなかったのだ。

「わーっ、懐かしいなあ……！」

虎島に着き、寺へと上がっていく山道の途中で、里久は立ち止まる。

先を歩いていた嵩と、航と囲方、そして背後から荷物を持ってついてきていた右慶が、仔虎の朱麗を抱いている里久のその声で足を止めた。

皆が、里久が見つめる海の方へと、つられて視線を遣《や》る。

「ここから、港町の方がよく見えるんだよね」

細い山道の曲がり角になっているそこは高い木がなく、視界が開けている。

切り立った岩壁に囲まれ、こんもりとした伏せたお椀《わん》のような形をしている虎島。里久たちが立つその島の近くに浮かぶ、いくつもの漁師の釣り船。どこまでも続く、広々とした夕空。

美しい海は、初夏の夕暮れの太陽を浴びて、眩《まぶ》しいくらいに黄金色に輝いている。

対岸にある本土の港町の近くには、海上を行き交う無数の漁師の小船と、百隻もの大きな軍船が整然と並んでいるのが見えた。

虎島は、都よりもずっと木々の緑が濃い。

穏やかな波の音と、潮の匂いの強い海風が、ゆったりとした時間の流れを感じさせる。

里久はふっと、両親と過ごしていたこの北方の地での幼少期に戻ったような錯覚にとらわれた。

しばらくの間、ぼんやりと目の前の風景に見惚れてしまっていた。

「母上……母上の故郷は、とてもきれいですね」

感動したように言う航の、心からのものと分かるその言葉に、里久は微笑んで頷く。

「うん」

胸の仔虎をしっかりと抱き直し、そばに立つ航を見下ろした。

「この土地をいつかは航に見せたいって思っていたから、いっしょに来られてうれしいよ。今回の旅の間は、時間もあるから……この島の中のこととか、港町のこととか……今まで話していなかったことも、いろいろと教えてあげるね。僕の両親のこととかも……」

「はい。楽しみです」

うれしそうに微笑んだ航に、里久はまた微笑みかける。

そして再び、自分たちの立つ虎島の周辺の海へと、視線を落とした。

海上に浮かぶ小さな漁船を見つめ……海風の心地よさに、思いきり深呼吸をしたくなる。

（ああ、本当に帰ってきたんだな……）

先ほど両親の墓参りをしたときには、まだ本当のところでは、帰郷の実感がなかった。

だが、今はひしひしと、自分の生地に帰ってきたということを心の深いところで感じる。

「航や朱麗の顔を、亡くなったお父さんやお母さんに見せられたし……本当によかった。里帰りを提案してくれてありがとうね、嵩……」

航と囲方を挟んだ先に並んで立っている嵩に、にこりと微笑みかけた。

嵩は温かく微笑み返してくれる。

「この島は変わっていない。俺たちが出会った五年前と同じように、静かできれいだ」

「そうだね」

里久は、五年前の嵩との出会いのときを思い出しながら頷いた。

「ただ、この島にはもう仔虎たちはいない……。そう思うと、ちょっと寂しいけど……」

五年前、嵩と里久がこの北の地を去ってからは、虎島は、皇帝の嵩の管轄地となった。

仔虎たちの保護も、世話人を虎島に置いて、続けてくれることになった。

里久が寺で世話していた十五頭の仔虎は、嵩が昔から知っている、とても信頼できる家臣が世話を受け継いでくれていたのだ。

けれど、仔虎たちが大きくなるにつれ、島の小屋での世話が難しくなっていった。

それに……できれば、成獣となった虎たちは、山に帰してやった方がいい。人の手を借りずに自然の中で自由に暮らせるようにしてやった方が、彼らにとっての幸せになるだろうと、嵩から提案されて――。

里久は、自然の中で餌を狩り、独りでも生きられるように一定の訓練をしたのちに、虎たちを山に帰すことに同意した。

その後、嵩はすぐに、港町から近いところに、広い保護施設を造ってくれた。山に隣接したその場所で、以前から仔虎たちを世話してくれていた家臣が中心となって、十五頭の仔虎たちを山に帰せるように——彼らが、野性を取り戻し、山の中で餌を得て生きていけるように、徐々に訓練していった。

立派な成獣となった虎たちは、次々に山奥へと帰されていった。

二年前には、最後の一頭も巣立っていったと、家臣からの報告書で知らされた。

それから、いったん空になった保護施設は、怪我や病気など、様々な事情で保護されるに至った新たな虎たちを収容し、世話していると聞いている。

今は、仔虎と大人の虎が六、七頭いるそうだが、この虎島にはもう虎はいない。

嵩と出会った当時とは、そこが決定的に違っている。

「さっきも……船の上で、僕は航に、この島の虎の話をしたけど……」

里久は、昼間の船上でのことを思い出しながら、嵩に言った。

「航は、この島にもう虎がいないって聞いて、すごくがっかりしていた。今もあのときの仔虎たちがいれば、航を喜ばせてあげられたかもしれないね」

「……」

里久をじっと見つめた嵩が、不意に、片方の唇の端を悪戯《いたずら》っぽく上げた。

「それはどうだろうな？　航を喜ばせることは、できるかもしれないぞ」

「え……？　それ、どういうこと……？」

瞬きをした里久は問いかけたが、嵩は笑ったまま再び山道を歩き出す。

「さあ……行くぞ、航」

「はい、父上」

山道を登り始めた嵩のあとを、航がパッと明るい笑顔になって追いかけていった。

里久も囲方に続き、仔虎を抱いて歩いていく。

島の中央の、こんもりとした高い山。その中腹にある寺に到着するまで、嵩の言ったことに首を捻《ひね》っていた。

（嵩はどうして『航を喜ばせられるかもしれない』なんて、言ったんだろう？　それとも、さっきのは僕の聞き違い……？）

ほどなく、緑の中に寺の門が見えてくる。

古い門の前で、寺の責任者である三侶《さんりょ》と他の二僧が出迎えてくれた。

懐かしい彼らと再会を喜び合ったあと、本堂のある母屋《おもや》の奥へと案内された。

以前、この寺に住まわせてもらっていたとき、里久は下働きをしていた。

そのため、食事も僧侶たちとは別に炊事場で一人きりで済ませていたし、寝起きしていたのも別の小屋だった。だが、今回は皇帝の伴侶としての訪問だ。母屋の奥にある一番よい客間を家族で使うように言われて、囲方と右慶はその隣の部屋に泊まることになった。

寺では、下働きの少年が三人に増えていた。

五年前に、働いていた里久がいなくなってから雇われたという。寺が皇帝直々の管轄になって下賜金《かしきん》を受け取れるようになり、金銭的に余裕ができたこともあるのだろう。それに、以前は仔虎たちの世話をする嵩の家臣が島に滞在していた。彼の手伝いをするためにも下働きが三人必要だったのだが、それからずっと人数を減らしていないとのことだった。

寺の中は、あちこち傷《いた》んでいた箇所が修理されていた。

境内《けいだい》は前方を除いて背の高い木々に囲まれているが、その枝の手入れも行き届いている。

夕飯までまだ時間があるというので、里久は部屋の窓を開けて外を眺めてみた。

庭が全体的にきれいに見えるのは、皇帝が滞在するということで念入りに掃除したのもあるだろうが、そのせいだけではないだろう。

定期的に庭師を雇い、日頃から景観を整えているようだ。

五年前に嵩と二人で上った五重の塔を見上げると、ほうっと長いため息が漏れた。

（なにもかもが、懐かしいなあ……）

またしみじみとした気分になったそのとき、嵩が椅子から立ち上がった。

白い仔虎の朱麗を胸に抱いている彼は、里久とその隣で背伸びをして窓から外を眺めていた航に向かって、にこりと微笑む。

「さあ、では行くか」

「え……行くって、どこへ？」

里久の問いには答えず、嵩は外の廊下へと促《うなが》した。

「隣の囲方と右慶にも、声を掛けよう」

嵩はそう言うと、仔虎を抱いたまま、さっさと部屋を出て行ってしまう。

里久は戸惑ったが、航の手を引いて彼のあとについていった。

隣の部屋にいた囲方と右慶を連れ、皆で寺をあとにした。

寺の建つ平地を離れて、門から山道を横切った先にある広場へと向かった。

海へと繋がる下り斜面の木が切り倒されているそこは、とても見晴らしがいい。夕暮れの海と本土の霞《かす》んだ海岸線が、遠くまで眺められる。

その広場には、以前、仔虎たちを世話していた平屋建ての小屋があるはずだった。

（あ……もしかして、仔虎たちがいた小屋の方へ、行くつもり……？）

広場へと向かう途中で、ふと気付く。

（もう仔虎たちはいないけど。でも、ここが僕と嵩とで十五頭の仔虎を世話した場所だって、航に教えてあげるつもりなのかな……？）

そんなことを思いながら歩いていくと、小屋の前に着いた。

仔虎たちを世話していた小屋は、建て替えられていた。平屋建てなのは以前と同じだが、かなり広くなっている。以前の小屋と比べると、五倍くらいの面積があるだろう。

仔虎たちがいなくなった今も手入れがされているらしく、まだ真新しいものに見えた。

嵩が入り口の扉を開けながら、笑顔で里久たちを振り返る。

「きっと、驚くぞ」

「……？」

嵩に促され、里久は首を傾げながらも航の手を引いて中に入った。

入ってすぐの土間は、用具置き場になっていた。壁に造りつけられた高い棚に、虎の世話に使っていたのだろう木の桶《おけ》や、箒《ほうき》などの掃除道具がいくつも積まれている。

小屋の奥は全面、丸太で造った縦格子が嵌《は》め込まれていた。

檻《おり》として使っていたらしく、扉も見える。だが、仔虎用にしては丸太と丸太の幅が広い。

これでは丸太の間から仔虎たちが逃げ出してしまっていたのではないだろうか。そう訝《いぶか》しみながら正面のその檻の方をじっと見ていた里久は、次の瞬間、大きく目を瞠《みは》った。

「あっ……!?」

丸太の向こうで動いている、二つの大きな影。

太い四本の脚でのっそりと歩き回り、こちらを見つめている獣の目。全身を覆う黄色と白の獣毛と黒い縞模様《しまもよう》を見て、思わず声を上げた。

「と、虎っ!?　どうして、ここにっ……!?」

呆然《ぼうぜん》と立ち尽くしていると、手を繋いでいた航がパッと明るい笑顔になって見上げてくる。

「母上、虎がいますっ！　母上は、いないと言っておられたのにっ……！」

大きな声で早口で言う彼は、興奮しているようだ。

「野生の虎でしょうかっ？　とても大きいですね、初めて見ますっ！　もっと近くで見たいです、見てきてもいいですか、母上っ……？」

航はそう問いかけている途中で、手を振り解いてダッと前方へ走り出した。

「えっ!?　あっ、航、危ないよっ!!」

里久は悲鳴に近い声を上げ、彼の背中へ素早く手を伸ばした。

だが、その手を嵩につかまれる。

「大丈夫だ、里久」

「ええっ？　でも、航がっ……！」

里久が必死に嵩の手を振り払おうとしている間に、航は檻の前まで行ってしまった。

そこに座り込み、丸太の間に手を差し入れる。虎に触ろうとしているようだ。

全身から血の気が引き、ダメだよっ！　と叫びそうになった里久だったが、黄色い虎が航の方へその大きな顔を寄せてきて——。

航の小さな手に、スリッと頬を擦りつけたのを見て、ピタリと動きを止めた。

「あ……？」

成獣の大きな黄色い虎二頭が、丸太の間に差し入れられた航の手をペロペロと舐めている。

航を見つめる目は穏やかだ。とても、危害を加えるようには見えなかった。

嵩がゆっくりと慎重に、里久の手を離した。

「ほら、大丈夫だ。俺の言ったとおりだろう？」

けれど、野生の虎ではないのか。攻撃的ではないようだが、本当に大丈夫なのだろうか。

里久はまだいくらか心配しながら、虎たちを刺激しないように、航のそばにそっと近づいていく。彼の隣に膝をつき、恐る恐る問いかけた。

「こ、航……大丈夫、なの……？」

「はい……。この虎たちは、とてもやさしくて可愛らしいです」

航は頷き、にこりと微笑む。

いくら航自身も虎の血を引いていて虎姿に変化できるとはいえ、会ったばかりの自分の何倍もの大きさの虎を、笑顔で『可愛い』と言ってのけるなんて。

我が子の大物ぶりに舌を巻きつつ、里久は目の前の虎二頭を見つめた。

自分も丸太の間から静かに手を入れて、黄色い虎の頬に触れてみる。

虎たちは里久の目を見つめ返し、手に頬を擦りつけてきた。まるで自分の訪問を歓迎してくれているかのような彼らの態度に、里久は不思議な気持ちになる。

「本当だ……。この虎たち、すごく人に慣れているんだね……」

虎たちのこんな穏やかな性質を知っていたから、嵩は『大丈夫だ』と言ったのだろうか。

「でも、どうしてこんなに慣れているんだろう？　この虎たちって、どんな人間のことも警戒しないの？　誰にでもこうなの……？」

独り言のように呟いていると、嵩が近づいてきて隣に立った。

「この虎たちは、ちょっと特別だからな」

「特別……？」

「ほんの小さな頃に、人に世話をされていた。だから、今も人が大好きなのだ」

嵩は謎かけをするように言ったあと、里久を見下ろして微笑む。

「五年前、お前がここで世話していた十五頭の仔虎たちがいただろう？　この虎たちは、あのときの虎のうちの二頭だ」

「えっ……!?」

里久は息を呑み、顔を正面に戻して黄色い虎たちをまじまじと見つめた。

二頭の虎のやさしい眼差しが、懐かしそうに自分を見ている。

その目を見たら、嵩の言っていることは真実なのだろう、と素直に思えた。けれど、理性の部分が、どうして？　と問わずにいられない。

「でも、ここにいた仔虎たちは……少し大きくなってから、皆、内陸部にできた保護施設に移された、って……」

虎の保護施設で、仔虎たちは山へ帰るための訓練をされていた、と聞いた。

「そのあと、成獣になってから、山へ帰されたんじゃなかったの……？　最後の一頭も二年前に山へ帰って……あのときの仔虎たちは、もうあの施設には一頭もいなくなった、って。そういう報告が来ていたよね……？」

「そうだったんだが、この二頭については上手くいかなかったんだ」

土間に座ったまま見上げる里久に、嵩はやさしい微笑みを向けてくる。

「人間のことが、特に大好きな二頭でな……。山へ帰ってからも、保護施設の方へたびたび戻ってきてしまっていたらしい。人里の近くに姿を現せば、人の手で傷つけられることもあるかもしれない。それを危惧《きぐ》した俺の家臣が……ずっと仔虎たちの世話をしていたあの者が、この二頭だけは虎島に戻して、寺で世話をしてもらうことに決めたのだ」

「……」

「半年ほど前に、ここから海の方へ続いている広場を、それまでよりも広げて……この虎たちは、一日の大半の時間をそこで自由に過ごしている。周りは高い塀と深い堀で囲んで、外へは出られないようになってはいるが……二頭は、誰にも邪魔されず、自然の中を好きに走り回ることができる。……虎たちをこの島へ移したのが、ちょうど今回の里帰りの旅を提案しようと考えていた時期だったから……お前を驚かせようと思って、お前にはこの虎たちのことは話さずにいた、というわけだ」

「そうだったんだ……」

先ほど、すでに島から仔虎たちがいなくなって何年も経つのに、下働きの少年がまだ三人も雇われていると聞き、里久は少し疑問に感じた。

だが、成獣の虎二頭の世話もしているなら、下働きの数が多いのも納得できる。

里久は嵩の口から語られたことに驚きながらも、一方の虎の頭をゆっくりと撫でてみた。

(本当に、あのときの仔虎たち……？)

虎は猫のように目を細め、うれしそうに里久の手をペロッと舐める。

「お前のことを覚えているのだな」

隣に立つ嵩が感心したように言い、里久は申し訳なさから眉尻を下げた。

「僕の方は、あのときの仔虎たちだって分からなかったのに。この子たちは、僕のことをちゃんと覚えていてくれたんだね……」

「お前が気付かなかったのは、仕方がない」

嵩が土間に座る里久と航を見下ろし、微笑みに苦笑を混ぜる。

「仔虎たちはあっという間にこんなに大きくなって、あのときとはすっかり姿が変わってしまったのだからな……。だが、性格は変わっていないようだぞ。可愛らしくて素直だった、五年前のあのときのままのようだ」

「うん……」

里久は胸にじわりと熱いものが広がるのを感じ、さらに虎たちの頭を交互に撫でた。

「よしよし。五年ぶりだね、元気にしていた？」

「グルッ……！」

「ここでずっとお前たちの世話を続けたかったけど、僕は都に行って……。急なお別れになったうえに、五年間も会いにも来られなくて、ごめんね」

二頭の虎たちは、ゴツン、ゴツン、と里久の手に額を押しつけてくる。

甘えたような仕草《しぐさ》で、そんなことはいいんだよ、と許してくれているかのようだ。

彼らの姿を見ているうちに、ギュッと抱きしめたくなり……。胸に湧き上がってきた愛しさをこらえきれなくなって、里久の頬をポロッと涙が伝う。

「里久……？」

「ごめん、なんだか……。懐かしいのと、感慨深いのとで……」

里久はゴシゴシと涙を腕で拭った。

人が好きで……人との生活に慣れ過ぎて、山には帰せないと判断された虎たち。

そんな彼らは、もしかしたら、五年前、急に世話をしていた自分がいなくなったことで、とても寂しい思いをしたかもしれない。不安になって、泣いてしまったかもしれない……。

そう思うと胸が締めつけられて、たまらなく苦しかった。

「五年前、仔虎たちをここに置いていったとき……信頼できる人がお世話をしてくれるって分かっていたから、僕は安心していたけど……。でも、仔虎たちからしたら、慣れていた僕がいきなりいなくなって、知らない人がやってきて……すごく不安だったろうな、って。そう思ったら、やっぱり悪いことをしたなあ、って思えて……」

「里久……」

「うん、でも……嵩が選んでくれた家臣の人は、本当にあの仔虎たちのことを考えて、世話をしてくれていたんだね。山へ帰ることができなかった子にも、こうして自由に過ごすことのできる場所を考えて用意してくれて……。あの人に世話された仔虎たちは、きっと皆、幸せだったと思う。あの家臣の人に会って、直接お礼を言いたい」

「明後日、保護施設に行ったら会える」

嵩が微笑みながら頷いてくれて、里久も彼を見上げて頷き返した。

ふと気付くと、隣に座る航から心配そうに見つめられている。

「母上、泣いているのですか？　悲しいのですか……？」

まだ五歳の幼い彼が、すっくとその場に立ち上がった。

土間に座る里久と、目線の高さが同じになる。

「頭をこちらへ出してください」

「え……？」

里久はわけが分からないながらも少し前屈みになり、航の方へ頭を差し出した。

すぐに、航が手のひらで、頭の天辺《てっぺん》をポンポンと叩く。

撫でるようなやさしい叩き方は、まるで、泣かないで、と慰めてくれているかのようだ。里久がいつも、航にやってあげている『いい子、いい子』だった。

（あ……？）

里久がそっと上目遣いに見上げると、航は真剣な顔つきをしている。

「母上が、僕が泣いてしまったときにはいつもこうしてくれます。これをしてもらうと、痛いときも悲しいときも、すぐに涙が止まるのです。だから……」

「航……」

我が子のやさしさに触れたことで、またどっと涙が溢れそうになった。

余計に泣いてしまっては、せっかく慰めてくれている航をさらに心配させる。

里久は必死に唇を噛みしめ、涙をこらえた。

嵩は、航にポンポンと頭を撫で叩いてもらっている里久を笑顔で見下ろしながら、胸に抱いている仔虎の朱麗をしっかりと抱き直す。

「この虎島で暮らしている、二頭の虎たちといい……お前が世話した仔虎というのは、皆、やさしく育つのだな……」

「航っ……！」

里久は愛しさをこらえきれなくなり、目の前に立つ航の身体を掻き抱いた。

彼の頭を何度も強く撫でる。そうしながら、丸太の檻の中にいる黄色い二頭の虎に、息子の航の姿がよく見えるようにした。

「僕は今、この仔虎たちの世話をしているんだよ。ほら、見て……」

まだ頬を涙で濡らしたまま、にこりと微笑みかける。

里久が航と朱麗を交互に見ていると、虎たちはすぐに意味を理解したようだ。彼らは仔虎の朱麗を抱いている嵩の方を見上げ、丸太の縦格子にスリスリとその頭を擦りつける。

二頭の仕草を見た嵩が、目を細めた。

「おお……人の言葉が分かるようだな！　どうだお前たち、俺のことも覚えているか？　五年前に、ここで遊んでやっただろう？」

「グルッ」

「グルル、グルッ……！」

大きな猛獣ながらも、くぐもった甘えた声で鳴く、黄色い大きな虎たち。

嵩の問いかけに一度大きく頷いた彼らは、檻の前にいる里久たちの後方へと目を遣る。そして、そこに立つ右慶の方をじっと見つめた。

「右慶……この虎たちは、お前のことも覚えているようだ」

嵩が振り返って言う。

「お前もこっちへ来て、虎たちを撫でてやったらどうだ」

「いえ、私はけっこうです」

洒落た雰囲気をまとう右慶が、肩をすくめて苦笑いを浮かべた。

「私は常日頃、皇城で白い虎のお世話に忙しいですので……。あなたのように、他の虎とまで積極的に交流したいとは思いません」

「囲方はどうだ？　虎が好きだろう？」

嵩は、今度は、右慶の隣に立つ囲方を促した。

だが、彼は動こうとしない。

「いえ……。私は、大人の虎にはあまり興味がありませんので……」

「む、そうか」

嵩は不満そうに口を閉じてから、一転して微笑んだ。

「では、俺は……俺と家族だけで、しばらくここで、虎たちを可愛がっていくことにしよう。夕飯の時間になるまで……」

嵩が言い終わるか終わらないかのうちに、囲方が入り口の方から足早に近づいてくる。

「存分にどうぞ。皇女様は、私が抱いておりますので」

「いや、それには及ばない」

胸に抱いていた仔虎の方へ両手を伸ばしてきた彼から、嵩はサッと腰を捻って身を躱《かわ》した。

「この子も、いっしょに虎たちと遊ぶからな。な、朱麗？」

「きゅっ……！」

仔虎の朱麗は明るい笑顔になり、父親の嵩を見上げて大きく頷く。

「そうですか。それでは……」

両手を差し出したまま、がっくりと深く肩を落とした囲方。彼の顔があまりに残念そうでおかしくて、里久と航は顔を見合わせ、クスクスと笑い続けた。


その夜、寺での夕飯のあと、里久と嵩は海まで降りた。

二人きりで月明かりを頼りに、山の中腹にある寺から山道を下ってきたのだ。子供たちと囲方の寝かしつけは、右慶に頼んだ。

誰もいない静かな砂浜で、靴を脱ぎ、波打ち際をゆっくりと二人で散歩して――。

そのあと、海に向かって並んで腰を下ろす。

「うーん、海風が気持ちいいっ……！」

里久は海から吹いてくる風を、胸いっぱいに吸い込んだ。

潮の匂いのするそれが、すうっと身体中に浸み渡っていく。先ほど、寺での夕食で懐かしい庶民的な料理を口にしたときと同様、心がふわっと解放されていくように感じた。

「夜は涼しくて、すごく過ごしやすいね」

「そうだな」

隣に座る嵩が、微笑んで頷く。

「それに、今夜はまた格別に、きれいな月……」

「都の皇城から見上げる月とは、また趣《おもむき》が違う。波の音と海風が心地よくて……黄色い月がよりいっそう美しく見えて、吸い込まれてしまいそうだな」

「僕は、皇城から見る月も大好きだけど……」

「どこで見上げる月であっても、お前といっしょに見ているなら俺にとっては最高のものだ」

嵩の眼差しは熱っぽく、二人を甘ったるい空気が包んでいるように感じられた。

里久はなんとなく照れ臭い気持ちになり、さりげなく話題を変える。

「それにしても……航に『いい子いい子』されるなんて、すごく驚いたよ」

夕方、二頭の虎がいた小屋でのことを思い返しながら言った。

「なんだか、僕の方が子供になった気分だった。航のことを、まだまだ赤ちゃんと変わらないと思っていたのに……。子供の成長って、早いものなんだね」

「今回の旅でも、いろいろとしっかりしてきている、と感じるしな」

嵩が同意するように頷く。

「先ほどの食事中も、妹の朱麗の汚れた口の周りを、懐紙でやさしく拭いてやっていた。少しばかり落ち着きがないというか……元気がよ過ぎるところもあるが、航はあの子なりに、日々確実に成長していっているのだろう」

「うん……」

幼い息子の航の成長を感じられることは、親として心からうれしいことだ。

微笑んだ里久は、ふと、あることを思い出す。

「あ、夕飯のときといえば……囲方は、相変わらずだったね。僕たちが、ここにいた十五頭の仔虎たちの話をしていたときだけ、真剣に聞いていた」

普段は身分の違いから別々に食事をとるのだが、虎島での滞在中は特別に、右慶と囲方も里久たち家族といっしょの食卓に着いて食べることにしている。

夕飯のとき、里久と嵩は航にせがまれて、いつも彼にしている出会いのときの話をした。いつもより詳しく話したせいか、それとも、今までは話でしか聞いたことのなかった両親の出会いの場である虎島に、実際に滞在しているせいか。航は、それから？　それから？　と何度も先を促し、熱心に里久たちの話を聞きたがった。

囲方も、里久たちが五年前に仔虎の世話をしていたときの話になると、航に負けないくらいに目を輝かせ、深く話に聞き入っていた。

「それに、右慶といっしょに朱麗を寝かしつけるように頼んだら、すごく喜んでいた。仔虎といっしょに寝られるのが、よっぽどうれしいんだね」

「そうだろうな」

里久が先ほど、寺の部屋で抱いていた仔虎を手渡すと、囲方は、お任せください、と畏《かしこ》まって言って、真面目な顔で受け取った。

だが、うれしさをこらえきれず、彼の口元が緩んでいたことを思い出し、クスッと微笑む。

「でも、嵩も昼間、船の上で言っていたけど……。僕も、囲方くらい仔虎好きの方が、航の側近にはぴったりだなって、本当に思うよ」

里久は前方からの海風に黒髪を吹かれながら、嵩に微笑みかけた。

「だって、これからもたくさんの仔虎が生まれたら……皇城の中が、仔虎だらけになっちゃうから。そうしたら、やっぱり……よっぽど仔虎好きじゃないと、航の側近は勤まらないだろうなって思うし……」

「『たくさんの仔虎が生まれたら』……？」

隣に座る嵩から幸せそうに見つめられて、膝を抱えて座る里久の頬に血が上ってくる。

「あ……いや、あの。しゅ、嵩が、そう望んでくれれば……だけど」

「もちろん、仔虎だらけを望むに決まっている。十五頭以上の仔虎を作りたいと、この地を離れた五年前から、お前にそう言っているだろう？」

嵩は真剣な面持ちで頷いたあと、里久の肩に腕を回してきた。

彼の方へ、ぐいと身体を引き寄せられて、耳元の髪を熱い吐息がくすぐる。耳朶《じだ》を甘噛みされ、里久はビクッと身を縮めた。

「ひゃっ……！」

艶のある低い声が、耳元で口説くように囁く。

「里久……また、新しい仔虎を作って、家族を増やそう」

「あ、しゅ、嵩……？」

里久は肩を抱かれたまま、ゆっくりと砂浜に押し倒されていった。

仰向けに寝かされ、嵩が伸ばした両手を砂について伸しかかってくる。

男らしく微笑む彼の肩の向こうに、美しい黄色い月と星いっぱいの夜空が見えて——。

嵩の欲情が滲《にじ》んだ紫色の瞳が、愛の行為へと誘っていた。

うっとりと頭の芯が蕩けたようになる。彼の雄としての魅力に引き込まれそうになった里久だったが、最後に少しだけ残っていた理性から言った。

「こ、ここで……？」

「他に誰もいない。いいだろう？」

嵩は目を逸《そ》らさず、静かに頷く。

「明日は一日、この島でゆっくりと過ごす予定だ。皆でいっしょに山の中を散策したり、この海で泳いだり……」

そう言いながら、里久の目元や頬に、ちゅ、ちゅっ、と何度も口付けをしてくる。

「明日は遊ぶだけだ。だから、今夜、少しくらい夜更かししても、大丈夫だろう？」

「それは、うん、まあ……」

里久は口付けの心地よさにぼんやりとしながら、嵩の目を見つめて頷いた。

次の瞬間、嵩の唇が里久の唇をぴったりと塞ぐ。

「あ……ぅん」

唇を割って、やわらかな舌が深く押し込まれてきた。

熱いそれが口の中を舐め回し、里久の舌を強く吸い上げる。

顔の角度を変えて唇を噛まれたり、舌の根本を舐められたり。里久も自分の舌を嵩のそれに絡ませ、濃厚な口付けを長く繰り返した。

いつも愛し合うときの愛撫を与え合っているうちに、身体から力が抜ける。

こんな砂の上で、とも思ったけれど、そういえば嵩と五年前、初めて身体を重ねたのも砂浜でだった、と思い出した。

(でも、あれは対岸の本土の方で……昔住んでいた、僕の家の近くで……。あのときも、すごく幸せだって感じたけど、今はあのとき以上に幸せだって思える……)

嵩への愛しさがよりいっそう胸に溢れてきて、里久の身体は火がついたように芯から一気に熱くなった。

里久は自分の上に伸しかかっている嵩の背中を抱き、彼の舌や唇を強く吸い返す。

「ん、う……んんっ」

苦しくなると何度も短い息継ぎをしながら、お互いの身体が愛情と欲情の熱で蕩けてしまいそうになるほど長く、深い口付けを続けた。

やがて、その先の行為に移りたくてたまらなくなる。

どちらからともなく、自然と口付けを解いた。

「は……はあ、は……」

浅い息で胸を上下させ、嵩と見つめ合う。

野性的でいて、知性も感じさせる二つの瞳。今は愛の熱で潤んでいる深い紫色のそれで、じっと里久を見下ろしている嵩が、里久の着物の衿《えり》にそっと手をかけた。

彼はそれを左右に開き、露《あらわ》になった首筋から胸元へと口付けを落としていく。

そうしながら、片手を下へ向かわせて、里久の腰帯を解き始めた。

里久はされるがままになっていた。

自分がその背中を抱いている嵩の、逞しく引きしまった身体の重み。それを全身に感じ、温かな気持ちになる。愛されていると思うと、安心感に包まれた。

「ねえ、嵩……」

上半身を裸にされた里久は、トロリとした瞳で嵩を見上げる。

「僕たちの間に、航ができて……朱麗も生まれて、今、僕はすごく幸せだよ」

「俺も幸せだ、里久」

微笑みながら上半身を起こした嵩が、里久の膝を立てた脚の間に座った。

彼はそこで、里久の下衣を脱がせていく。

里久を全裸にしたあと、嵩は自分の上下の着物も素早く脱ぎ捨てた。

砂の上に広げた二人分の丈の長い上着の上に、里久を寝かせて――再び伸しかかってきた彼の広い背中へと、里久はまた両手を回した。

「朱麗は、初めての女の子で、もちろん可愛いしね」

里久は間近に迫った嵩の顔を見上げ、微笑んで話し続ける。

「航はちょっと、元気過ぎるところが心配だけど……。でも、嵩に似て、すごくやさしい子に育ってくれていて、うれしい……」

「だから、航のやさしいところは、お前に似たのだ。何度もそう言っているだろう?」

「ふふ……。うん、どっちでもいいよ」

航がどちらに似ていても、二人の愛の結晶であることには変わりはないから。

里久がそう思って幸せを感じていると、嵩が背中をギュッと抱いてきた。

裸の身体同士がぴったりと重なって、嵩のサラサラした肌の感触が気持ちいい。ザザッと押し寄せる波の音もすぐ近くに聞こえて、里久はうっとりと幸せな気分に浸った。

「里久、愛している……」

嵩の熱の籠《こ》もった言葉に、里久も心からの言葉を返す。

「僕も嵩を愛しているよ。誰よりも……」

二人で微笑み合っていると、世界のすべてが、自分たちの築き上げてきた愛をこの世の至上のものとして祝福してくれているような気がした。

「俺の跡を継ぐことになる航にも……俺たちのように心から愛し合える運命の相手が、早く見つかるといいな」

「嵩、さすがに気が早いよ。航はまだ五歳だよ」

「む……早くもないだろう?」

クスッと笑った里久の唇に、嵩は大真面目な顔で口付けを落としながら言う。

「親として、息子の将来を心配するのは当然だ。航は初めての子だからな、特に気になるというか……もし将来、あいつが結婚相手を見つけたら、こっそり見に行ってしまいそうだ」

「こっそりじゃなくて、嵩だったら堂々と見に行きそうだよ」

里久は顎を上げ、自分から嵩の唇に、ちゅ、と口付けを返した。

「先帝の耀《よう》様も、五年前、この北の地にいらしたよね。僕の顔を見に、船で……」

「そういえば、父上もそのようなことをされたな……」

嵩は里久からの甘い口付けを受け、幸せそうに微笑む。

「可愛い息子を持った今なら、父上のあのときの気持ちもよく理解できるというものだ。そうだな……では、俺は馬車で、航の嫁を見に行くこととしよう。父上と同じくらい……いや、父上に負けないくらい多くの、家臣と兵士を引き連れて……」

「また、そんなふうに張り合って」

里久が微笑みながらも呆《あき》れたように言うと、嵩は拗《す》ねた子供のように口を結んだ。

「いいだろう？　父を越えたいと思うのが、息子の常なのだ」

「父親になったり息子になったり、嵩は忙しいね……」

またクスッと笑みを漏らした里久の唇に、嵩の唇が重なる。

ちゅ、と音を立てて口付けを解いた嵩が、里久の頭の左右で砂に肘から下をついたまま、これまでよりもいっそう愛しそうな目で見下ろしてきた。

「里久……誰よりも愛しい、俺の妻よ……。俺は、父上を子供の数でも越えたいのだ。だから……俺を、父上に勝たせてくれ」

「嵩ってば、もう……」

里久は下から回していた両手で、彼の広い背中をさらに強く抱きしめる。

そうして深く抱き合い、夜の砂浜に打ち寄せる静かな波の音に包まれながら――それから一晩中、嵩のやさしく激しい愛撫にその身を任せたのだった。

思い出の砂浜で……♥

「皇帝は海姫をとろかす」嵩×里久

海辺で新年を迎えよう——。

そう提案したのは、都の皇城でいっしょに暮らして四ヶ月になる、里久《りく》の夫でありこの大国の皇帝でもある嵩《しゅう》だった。

皇帝になって四ヶ月の彼と、里久は昨日、三日ほど滞在する予定で、都から馬車で一刻ほどかかる海辺の離宮にやってきた。今朝はまだ夜の明けきらない暗いうちに、大勢の護衛の兵士とともに、その離宮をあとにした。

兵士たちには離れた場所で警備をしてもらい、今は嵩と二人で波打ち際に立って、新年初の日の出を待っている。

「よしよし、寒くない？」

里久が、厚い毛布に包んで胸にしっかりと抱いている仔虎をあやしていると、遠い水平線から日が昇ってきた。

辺りを包んでいた厚い薄闇の膜がゆっくりと剝《は》がされていき、広い海も、空も、遠くに見えている大きな湾の岩場も、すべてが鮮《あざ》やかな朱色に染まっていく。

息を呑むほど美しい、一年の始まりの日の出。

それを里久と並んで眺めていた嵩が、隣から微笑みを向けてきた。

「里久……お前と見る、初めての新年の日の出だな。どうだ、きれいだろう……？」

不揃いな黒髪が肩につく長さの彼は、二十代半ば。

顔立ちが整っていて、精悍《せいかん》でありながら知的な雰囲気も合わせ持つ。その瞳が深い紫色をしているのは、皇家に伝わる虎の血を色濃く受け継いでいる証《あかし》だ。

「うん」

頷《うなず》いた里久はほっそりとしていて華奢《きゃしゃ》で、女物の上等な絹の着物を身につけている。十六歳の男とは思えないほど愛らしい黒い大きな瞳で、にっこりと微笑んだ。

「日の出はすごくきれいで……嵩の言うとおり、こうして海辺で新年を迎えて、本当によかったよ」

「うむ」

嵩が満足そうに頷くと、里久の胸で小さな白虎が鳴く。

「きゅう、きゅうっ！」

白いふわふわの毛に覆われた仔虎。きっちり三頭身の愛らしい彼は、父親の嵩譲《ゆず》りの紫色の瞳で見上げてきた。

「あ……この子も、朝日がすごくきれいって言っている」

「そのようだな」

嵩は父親の慈愛に溢《あふ》れた眼差《まなざ》しで、仔虎を見つめた。

白いその仔虎は、五ヶ月前に北の土地で出会い、深く愛し合うようになった里久と嵩の間に、一ヶ月前に生まれた子供だ。虎の血の作用で、男同士でも子作りが可能だと嵩から事前に聞いてはいたが、まさか本当に男の自分が三ヶ月間身籠《みごも》った後、仔虎を産むことになろうとは……！

（でも、前皇帝のお妃様の春可《しゅんか》様も、いろいろと教えてくださって、なんとか子育ても順調だし……。嵩は文句のつけようのないやさしい人だし、僕は幸せだよ……）

今回のこの離宮への旅も、海辺育ちの里久がきっと故郷を懐かしく思っているだろう、海を見れば少しは心が慰められるだろう、と嵩が思い遣《や》ってくれてのことだった。

美しい初日の出よりも、嵩の彫りの深い横顔にぼんやりと見惚れていると、彼が背後の天幕の方へ促す。

「寒いから、あちらに入って日の出を見ることにしよう」

「うん」

里久は頷き、嵩のあとについて天幕の中に入った。

せいぜい五人用といった小さな天幕は、日の出の観賞用にと、兵士たちが設置してくれたものだ。海の方角に向けられた出入り口は開け放たれているが、周りは厚布で覆われ、砂の地面には毛布が敷かれており、海風や冷気を防げて暖かい。

里久は嵩と並んで中に腰を下ろし、少し眠そうな白い仔虎を、ふかふかの布団が敷かれた籠《かご》の中に移動させた。

「いい子だね。大人しく、ここで寝ているんだよ」

「きゅ」

ぬくぬくの毛布と布団に包まれた仔虎がコクリと頷く。

「本当に可愛い子だな」

嵩が、籠の中にいる仔虎の頭を撫でながら目を細め、視線を上げて里久を見る。

「俺にこれほど可愛い息子を与えてくれて、お前には本当に感謝している。改めて、礼を言わせてくれ」

「そんな……」

照れ臭い里久がはにかんでいると、嵩は仔虎からそっと手を離して、その手で里久の肩を抱いてきた。

しばらくの間、隣の彼と身体をぴったりとくっつけて座る。着物越しにじんわりと伝わってくる温もりを心地よく感じていた里久に、嵩がふと思い出したように言った。

「里久……そういえば、お前と初めて結ばれたのも、こんな砂浜だったな」

「え……なに、突然……？」

瞬きを返すと、嵩は甘い瞳でうっとりと見つめてくる。

「覚えているだろう？　あの北の地の海岸で……」

「え、う、うん……」

「あのときは、こんな天幕はなかったが……だが、今のように敷布に並んで座り、二人で海を眺めていて……」

肩を抱く手に力が籠もって胸に引き寄せられ、顔が近づいてきて……里久は戸惑いつつも、彼の意図に気付いた。

(え……まさか、今、ここでするの……?)

身体を後ろへ軽く反らし、焦《あせ》って早口で言った。

「! で、でも、あのときは夜だったしっ……!」

しどろもどろになり、急にその気になったらしい嵩をなんとか思い止まらせようと、思いつくことを並べる。

「それにっ……あ、あのときは、嵩に告白したばかりで好きだっていう想いが募《つの》って、つい……。今だったら、とても砂浜でなんてできないよ、恥ずかしいしっ……」

「里久……」

近付いてきた嵩の唇が、ちゅ、と里久の唇に重なった。

舌が唇を割って差し込まれてきて、口内の熱い粘膜を舐め上げる。有無を言わせない強引さで、舌を吸われ、溢れてきた唾液を飲まれて……濃厚な口付けにうっとりと気持ちよくなりかけた里久だが、ハッと我に返った。

そばの籠の中で寝ている仔虎が、目の端に入ったのだ。

「あっ、しゅ、嵩、こ、仔虎が見ているから……!」

「皇子は、温かな籠の中でぐっすり眠っている」

口付けを解いた嵩も、里久の視線の先を追い、仔虎をチラッと見た。そしてまた、里久を間近から情欲の滲《にじ》んだ熱い瞳で見つめ、唇に、ちゅ、と軽く口付けをする。

「で、でも……天幕の中でも寒いし、こんなところじゃ風邪を引くよ。皇帝の嵩に、風邪を引かせるわけには……」

「だったら、寒くないように、こうすればいい」

「あ……？」

嵩の手が肩から離れ、両手で里久の細い腰をつかんだ。

そのまま、ヒョイと軽く持ち上げられ、里久は座った体勢のまま嵩の膝の上に載せられた。背後から嵩の手で脚を左右に開かされて、彼の太腿を跨《また》ぐ体勢になる。

そして、嵩は里久の上着の裾を捲ると、下衣をずり下げて、滑らかな双丘を露《あらわ》にさせた。焦った里久は前へ逃れようとしたが、嵩の手が里久の雄をやんわりとつかむ。

指にギュッと力を込められ、息が止まりそうになった。

（まさか、こ……このままで？）

嵩は、お互いの着物を脱がずに、下衣だけを少しずらして、自身の雄を挿入するつもりだ――。寒くないようにする、というのは、着物を着たままで、という意味だろう。

そう気付き、里久の頬に一気に血が上って熱くなる。

「こ、こんな格好で……？」

里久が首を後ろに向けておずおずと問うと、嵩は里久の耳を甘噛みし、熱に潤んだ声で囁いた。

「これなら、お互いに寒くないだろう？」

「それはそうだけど……」

嵩の中心で雄が熱く、硬くなっている。そのことを、里久の臀部《でんぶ》に当たる彼のものから、着物越しに感じていた。

嵩も欲情して、自分を欲しいと思ってくれている。

その気持ちが伝わってきて、里久は彼への愛しさが募り、もうなにも言えず、手足に抵抗のための力も入らなかった。

（も……もうっ！　恥ずかしいって言ったら、ますます恥ずかしいことをされちゃったよ……！）

嵩は里久の前を握る手を、ゆっくりと上下に動かし始める。そうして里久の欲情を煽《あお》りながら、耳元で言った。

「この離宮で、もう一頭、次の仔虎を作って、皇城へ帰ろう。目標の『仔虎十五人越え』のためには、少しでも早く次の子を産んだ方がいいだろうからな」

「そ、その目標って、本気だったの……？」

腰が甘くゾクゾクと震え、里久は息を弾ませて問う。

「もちろん本気だ」

嵩は里久の雄をいじりながら、首筋に舌先を這わせた。

「お前とあの北方の島で過ごしたときのように……たくさんの小さな仔虎たちに囲まれて、賑《にぎ》やかな、そんな家族を作りたいんだ。だから、いいだろう、里久……？」

「うん……」

頭の中が甘い蜜のようなものでいっぱいになり、白くぼんやりとした意識のまま、里久は小さく頷く。

「嵩の仔虎なら、何頭でも……欲しいから……」

「里久……」

美しい新年初の朝日に真っ赤に染められ、幸せそうに微笑んだ嵩に、背後から愛しそうに唇を重ねられて――。その後、里久は嵩と冬の寒さも感じずに、甘く深く身体を繋げ、愛を確かめ合ったのだった。

ちゅぱちゅぱ欲の秋

「皇帝は海姫をとろかす」嵩×里久

ちゅぱ、ちゅぱ。ちゅぱっ……。

小さな可愛らしい音を立てて、里久《りく》の胸に抱かれた白い仔虎は、里久の中指を吸っている。

太く短い前脚の肉球で、卓台の椅子に座る里久の手を左右からしっかりとつかんで……。まるで乳を吸っているかのように、口全体を使って必死に指を吸う。

胸にすっぽりと収まる仔虎の航《こう》は、昨年の秋生まれ。

今年のこの秋で、ちょうど一歳になる。

父親の嵩《しゅう》から受け継いだ紫色の瞳、全身に生えるふわふわの白い毛。ちっちゃな仔虎が指を吸うその姿のあまりの愛らしさに、里久は瞳を大きく瞠《みは》った。

「わぁ、嵩っ。見て見て！」

同じ卓台の正面に座っている嵩を、笑顔で促す。

「航が僕の指を吸っているよ。音を立ててっ……」

「ああ、見ている」

頷《うなず》いた嵩はこの大国の皇帝で、里久の夫でもある。

黒髪で背の高い、爽《さわ》やかで知的な二十代後半の男性。

高貴な紫色の瞳を持ち、男らしく整った顔立ちだ。

十七歳になり仔虎も産んでいるのにまだ幼い印象の残る里久と違って、大人の男の雰囲気をまとう。

すでに真夜中になった今、嵩は皇帝用の冠も上等な絹の着物も脱いでおり、自室用のゆったりとした夜着に身に包んで、お茶を飲みながらくつろいでいる。

毎日、嵩の一日の政務が終わり、皇城の最奥にあるここ正宮の自室に彼が帰ってきたら——それから寝るまでのしばらくの間、こうして居間で親子三人だけで、静かにゆっくりと過ごすことにしている。

今夜も、里久と嵩は今日一日あったことなどをお互いに報告し合いながら、お茶を飲んでいたところだ。

「航は一生懸命、お前の指に吸いついているな」

嵩は四人掛けの卓台の向こうから、父親の慈愛に満ちた眼差《まなざ》しで、里久の胸に抱かれた仔虎を見つめてくる。

「とても可愛らしい仕草《しぐさ》だ」

「うん」

里久は、まだ自分の中指を、ちゅぱちゅぱ、と吸い続けている仔虎の航を、微笑みながら見下ろした。

彼の頭を、よしよし、とやさしく撫でる。

「きっと、僕の指に桃の果汁がついているから……。それで甘くなっているから、航はこうして舐めるんだね」

里久たち三人は先ほどから、お茶といっしょに、侍女が運んできた、秋に実をつける晩成の桃を食べていた。

皿に添えられていた平らな木串で仔虎に食べさせるのは少し危ないかと考え、里久は手づかみで彼の口に運んだ。そのときに、桃の果汁がいくらか指に垂れたのだ。

「桃は航の好物だから」

里久が笑顔で言うと、嵩も笑顔を返してくれた。

「うむ……だが、もしかしたら、お前の手に桃の果汁がついていたからというだけでなく……。航は、まだ赤ん坊の気分でいたくて、そんなことをするのかもしれないな」

「え……？」

「指を吸うのは、赤ん坊がよくする行動だろう？」

「あ……」

言われてみれば、と里久は思ったが、首を捻《ひね》る。

「でも、航はもう生まれて一年になるんだよ？　虎の血を引いた子は成長が早いって聞いたし、お乳だって、だいぶ前に卒業しているのに……？」

「確かに、そうなのだが……」

嵩は、里久の指を吸う仔虎を、愛しそうに見た。

「それでも、航としてはまだ、たまには赤ん坊のように振る舞ってお前に甘えたいのだろう。だからきっと、そんなふうに指を吸っているんじゃないだろうか」

「そうなのかな……？」

里久は、自分に甘えているのかと思うと、胸に抱いている息子の航がさらに可愛くてたまらなくなった。

仔虎の丸っこい瞳を見つめ、やさしく言い聞かせる。

「そうなの？　だったら……航、いつまでも僕に……僕と嵩に甘えていいからね。早く大人になる必要なんてないよ、ずっと可愛い赤ちゃんのままでいて」

「きゅ……」

仔虎が里久の指から、ちゅぱ、と濡れた音を立てて口を離し、その美しい紫色の瞳を細めた。

「きゅう、きゅっ……！」

コクコク、と頷く仔虎を見て、里久は微笑む。

「あ……僕の言っていることが、分かるんだね。ふふ。賢くて、最高に可愛い子だね」

里久は仔虎の頬に頬擦りし、その額に口付けした。

強く抱きしめた仔虎の温もりと、胸に広がる幸せを感じつつじっとしていると、仔虎の瞼《まぶた》が眠そうに落ちる。

「きゅ、きゅう……きゅ……」

里久は、あ、と気付いて、嵩の方へ顔を上げた。

「航はそろそろ『おねむ』みたいだ。隣へ連れて行くね」

「それなら、俺も行こう」

里久は仔虎を抱いて嵩と卓台を離れ、隣の寝室へ向かった。

窓から差し込む月明かりに照らされた、薄暗い室内。

豪奢《ごうしゃ》な家具に囲まれたその中央で、天蓋《てんがい》付きの大きな寝台の端に座り、仔虎の航を布団にそっと下ろす。

くるんと丸まった仔虎は、すぐに寝息を立て始めた。

里久は思わず、クスッと笑みを漏らす。

「あっという間に寝ちゃったね」

「そうだな」

そばに座る嵩と微笑み合い、二人の間に寝かせた仔虎を見下ろして、その頭と身体を撫でてやっていた。

しばらくすると、嵩が静かに口を開く。

「しかし……それにしても、航はずいぶんと美味《うま》そうにお前の指を吸っていたな」

「え……？」

「お前の指は、それほど味がいいのだろうか？」

瞬きをしながら顔を上げた里久を、嵩はうっとりと熱の籠《こ》もった、甘い瞳で見つめてくる。

「俺にも、お前の指を味わわせてくれるか？」

「あ、味わう……？　でも、嵩は大人で、赤ちゃんじゃないのに？　指を舐めるの……？」

「赤ん坊でなくとも、愛するお前の指なら舐めたい」

嵩はきっぱりと言い、おもむろに里久が仔虎を撫でていた手を取り、自分の口元へ持っていった。

先ほど仔虎が舐めていた中指の隣を――人差し指を唇の間へと導き、吸うようにして舐め始めた。

「あっ、しゅ、嵩……？」

やわらかな舌と熱い口内の粘膜を使って、強く吸う。

嵩は人差し指の付け根から先端まで、濡れた舌を何度も丁寧に絡ませて、指を喉の奥まで吸い込むようにした。

ちゅぱ、ちゅぱっ。ちゅぱっ……。

仔虎が立てていたのと同じ音が、静かな寝室に響く。

わざとそんなふうに淫猥《いんわい》に感じる音を立てているように聞こえて、里久の頬は血が上って熱くなってきた。

（う、うわっ、なんだかっ……）

くすぐったい甘い痺れで、腰がゾクッと震える。

（仔虎の航の舐め方より、嵩の舐め方の方が、すごくいやらしいような気がするんだけどっ……？）

口内での長い愛撫のあと、嵩が指から口を離した。

唾液でべとべとに濡れた、里久の人差し指。

嵩はそれに熱い舌をゆっくりと這わせながら、情欲の滲んだ、男らしくて甘ったるい眼差しで見つめてくる。

「航が一生懸命に舐めていたはずだ。お前の指は、甘い桃の味がして……どの指も、とても美味いぞ」

「しゅ、嵩ってば……」

里久が恥ずかしさをこらえていると、嵩は急に里久の手を取ったまま、座っていた寝台から立ち上がった。

「嵩……？」

驚いて見上げた里久を、彼は横抱きに抱き上げる。

あっと声を上げる間もなく、靴を脱がされた里久は寝台の中央へと運ばれ、そこに仰向けに寝かされた。

同じく靴を脱いだ嵩が、全身で伸しかかってくる。

「お前の身体は、他のところも同じように甘くて美味いだろうか……。ちょっと、確かめさせてくれるか？」

「え？　……ええっ？」

呆然《ぼうぜん》と天蓋の裏を見上げているうちに、嵩が里久の夜着に手を掛け、するすると帯を解く。

腰から下が左右に割られ、裸の脚が露《あらわ》になった。

その脚の間に座った嵩が、中心に顔を近づけてくる。

「ちょ、ちょっと、嵩？　そんなところをっ……？」

里久が肩を震わせて下半身の方を見下ろすと、月明かりだけの薄暗さの中、嵩が里久の雄を手にして赤い舌をつけたところだった。

「指ではないが、お前の身体ならどこでも舐めたい」

嵩は里久の雄に舌を絡ませ、すっぽりと奥まで口に含む。

人差し指を舐めていたときと、同じ――いや、それ以上に激しく淫らな唇と舌の動きで、芯を持ち始めた里久のものを根本から先端まで、何度も上下に扱《しご》いた。

ちゅぱ、ちゅぱっ！　ちゅぱっ……！

舌が光って見え、火傷しそうな熱が中心に染みる。

嵩の口の中で雄が蕩《とろ》け崩れそうになり、里久の体温は一気に上がって、呼吸も耳につくくらい荒くなった。

（航がそばで寝ているのに。こ、こんなのって……！）

このままさらに高みへと追い上げられたら、すぐに放ってしまうと焦って、里久は掠れた声で言う。

「嵩……こ、航が……起きちゃう……よっ？」

だが、必死の制止も、ちゅぱっ、と派手な音を立てて雄から口を離した嵩に軽くいなされた。

「大丈夫だ、航はぐっすり眠っている」

「あ、あぁっ……？」

勃ち上がった雄が再び嵩の口内に導かれ、強く吸い上げられる。腰の奥に、ずん、と重く沈むような快感が広がり、里久はこらえきれず嵩の頭を両手でつかんだ。

それを自らの中心へと、ギュッと強く押しつける。

嵩は唇で雄の側面を締めつけたまま、その口を上下させて、里久を射精へと向かわせる動きを繰り返した。

「あぁ、ふぁあっ、あ、ぁあんっ……」

何度もそこを扱かれて、もう耐えられない。

里久はついに敷布の上で強張らせていた腰を大きく震わせ、息を弾ませて、下腹部の硬い雄を弾けさせる。

「んぅ、んんっ、あああぁっ――――！」

ひときわ大声で喘ぎ、全身を震わせて精を飛ばした。

それと同時に、そばに眠る仔虎がモゾッと動いた。

「きゅ……?」

(――っ!)

ドキーンッ、と里久の心臓は凍りつきそうになった。

息を止め、生きた心地がしないままで、しばらく動かずにいたが――仔虎の航は布団の上でモゾモゾと体勢を変えたあと、すうすう、と深い寝息を立て始める。

里久の中心から口を離した嵩が、ホッと頰を緩めた。

「うむ。よく寝ている、航は本当に賢くて良い子だ」

嵩は唇を手の甲で拭って身を起こし、自分の夜着を脱いで、逞《たくま》しく引きしまった裸体をさらした。

里久のはだけていた夜着も素早く剝《は》ぎ取って、寝台の上で二人の裸の身体を重ねるようにする。

そして嵩は、まだ先ほどの放出の余韻で息の乱れを抑えられないでいる里久の顔に、口を寄せてきた。やわらかな耳朶《じだ》を、ちゅぱ、と音を立てて強く吸う。

「このまま続けても、航も起きないようだし……。それでは、次はお前の中を味見させてくれ」

「!　!　!」

嵩の手が下へ向かい、谷間の奥をまさぐり始める。

味わうのは、指だけじゃなかったの――?

里久はそう問いたかったが、愛する相手から求められては拒めず、そばで寝ている仔虎の航を気にしつつも、結局は嵩の愛撫に身を任せるしかなかった。

(仔虎の航の『ちゅぱ、ちゅぱ』は可愛いから、いいんだけどっ。嵩のそれは困りものだよっ……!)

心の中で、どうしてこんな展開になってしまったのだろうと思いつつも、そっと目を閉じた。

仔虎のお酒♥

「皇帝は桃香に酔う」 航×葵士

唇に、ちゅ、と軽く、やわらかいものが触れ、葵士《きし》は目を覚ました。

天蓋《てんがい》付きの大きな寝台に横向きに寝そべったまま、瞼《まぶた》をそっと上げてみる。ぼんやりとした視界の中で、航《こう》の顔がすぐ近くにあった。

二十代半ばの彼はなにも身につけておらず、上掛けの布団もその引きしまった胸までしか覆っていない。逞《たくま》しい筋肉のついた肩、濃い色のきれいな肌。彼の精悍《せいかん》な印象を強めて見せる、きりっとした眉と、涼やかな紫色の瞳が、葵士の目の前に迫っている。

男らしく整って凛《りん》としている、愛しい夫の顔――。

目を細めて自分を見つめている彼に、葵士はほんわりと微笑み返した。

「航、もう起きていたの……？」

まだ寝惚け眼《まなこ》の葵士も、航と同じく、なにも身につけていなかった。

昨夜、三人の子供たちが寝てから、寝台の上で愛し合ったからだ。

腰から下だけが布団で覆われている葵士の身体は、全体的にほっそりとしている。

黒髪が少し乱れて、まだいくらか幼い印象の残る頬や、大きな黒い瞳にかかっている。

ここ皇城で暮らして一年経ち、十八歳になったが――葵士は実際の年齢よりも二つくらいは若く見える。航と出会った一年と数ヶ月前と、その容姿の印象はあまり変わっていない。

そんな葵士の唇に、航は顔を寄せてきてもう一度、自分の唇を軽く重ねた。

「ああ、少し前から起きているぞ」

愛しそうに、ちゅっ、ちゅっ、と啄《ついば》むような口付けを何度もする。

そして、彼が静かに唇を離した次の瞬間、なにか白くてフワフワしたものが、葵士の視界いっぱいに飛び込んできた。

(あ……？)

なんだろう、と思ったが、謎はすぐに解けた。

寝台の上で横になって向き合っている、葵士と航。二人の顔の間をウロウロと行ったり来たりし始めた白い『それ』——いや、『それら』は、三頭の白い仔虎だった。

丸い耳に、ぷっくりとした丸い顔。白い毛に黒い縦縞《たてじま》がついた、可愛らしい三頭身の身体。

彼らは短い四本の脚で、さかんに葵士の目の前を歩き回る。

「きゅうっ、きゅ！」

「きゅううぅ〜」

「きゅっ！」

必死に絞り出すような甘い声で鳴きながら、仔虎たちは葵士の顔に、自身の脇腹を擦りつける。

顔にも、トスン、トスン、と何度も頭突きをしてくる。

まるで三頭ともが葵士を、早く起きて！　と急《せ》かしているかのようだ。

「きゅーっ！」

「あ……航だけじゃなくて、お前たちも、もう起きていたんだね」

葵士が足先の方にある窓扉へ視線をやると、まだ空が薄っすらと白《しら》んできたばかりだった。

「それにしても、ずいぶん早いね」

真夏がすぐそこに迫ってきている今の時期、日の出は春よりもずっと早くなっている。

今はちょうど、普段起きるよりも一刻ほど早い時間だろう。

どうしてこんなに早く起きているのかと疑問に思いながら、葵士は仔虎三頭の頭を順番にやさしく撫でる。

「いつもなら、僕が起こすまで、航もお前たちも眠っているのに……」

「いや……実は、俺も先ほど、この子たちに起こされたのだ」

航が仔虎たちの方を見ながら、その男らしい艶のある顔で頷《うなず》いた。

「どうやら、今日になるのが楽しみで、仕方がなかったようでな。仔虎たちはワクワクし過ぎて、かなり早くに目覚めてしまったようだ」

「『今日になるのが楽しみで』……？　あ、そうか、それで……」

葵士は、仔虎たちの早起きの理由を知り、その可愛らしさに、ふふ、と微笑む。

「そうだね、今日はこの子たちにとって、特別な日だから……。お誕生日おめでとう、陽《よう》、夕花《ゆうか》、月花《げっか》」

「きゅっ……！」

「お前たちも、今日で一歳だね」

三頭の仔虎が、葵士の前に横並びになり、ちょこんと前脚を揃えて座った。

彼らは一つ年を取ったことが誇らしくてたまらないとでもいうように、寝台に横になっている葵士に向かって、きゅうきゅう、と甘ったるい声で鳴く。

葵士はまた、そんな我が子たちがさらに可愛らしく思えた。

「はいはい。陽は一つお兄ちゃんに、夕花と月花は一つお姉ちゃんになったんだよね」

「きゅうっ！」

三頭同時に頷いたあと、彼らはクルリと父親の航の方へ向き直った。

彼らにじっと見つめられた航は、敷布に肘をついた片方の手で頭を支えて寝ているその格好のまま、不審そうに瞬きをする。

「なんだ？　この父は、先ほどすでに、お前たちに『おめでとう』を言っただろう……？」

航の言葉に、仔虎たちはフルフルッと大きく頭を横に振る。

「きゅ、きゅ〜っ！」

「きゅ〜う、きゅう、きゅうう〜！」

「きゅ、きゅっ！」

三頭揃って激しい声で鳴き、そうじゃない、と抗議しているようだ。

葵士には、彼らがなにを言っているのか分からなかったが、仔虎たちと同じように皇家に伝わる獣の虎の血を引いている航は、すぐに理解したようだ。

「む……。ふむふむ、そうか」

何度も深く頷くと、航は仔虎たちに向かってにこりと微笑んだ。

「大丈夫だ、この父は約束を忘れていないぞ。今日は一日、お前たちといっしょに過ごす。お前たちが出掛けたがっていた街へも、もちろん行くぞ」

「きゅううぅ〜〜〜っ!!」

仔虎たちはうれしそうに鳴き、目を細めて顔を見合わせる。

航はゆっくりと上半身を起こして、寝台の上に座った。

「さっき、仔虎たちは、俺に『本当に今日は仕事をしないのか』と訊《き》いてきたんだ」

「そうなんだね」

葵士は寝台に横になったまま、目の前に座る彼を見上げる。

「この子たち、お誕生日に航と街へ出掛けるのを、すごく楽しみにしていたから。心配だったんだね、本当に一日いっしょにいてくれるのかって……」

「そのようなのだ」

航が手を伸ばし、仔虎三頭の頭をポンポンと順番に手のひらで撫で叩いた。

「安心しろ。今日出掛けるために、最近は仕事を前倒しにして、頑張っていたのだからな」

「きゅうっ！」

「着替えて朝食を食べたら、すぐに街へ出発だ」

「きゅううう〜〜〜」

三頭は、よりいっそう甘くうれしそうな声を上げる。

葵士はあわてて上半身を起こして座り、上掛けの布団で腰から下を隠した。

「こ、航、『すぐに』じゃないよ。朝食が済んだら、前皇帝の嵩《しゅう》様と、お妃の里久《りく》様が、この子たちにお祝いのお言葉を掛けに来てくださるんだから」

「ん……？」

「果胡《かこ》ちゃんもお二人といっしょに、部屋に来てくれるんだよ。忘れないで」

「おお、そうだった」

航はたった今まで失念していたのか、少し目を瞠《みは》った。その後、仔虎たちを見下ろす。

「では、このあと朝食を食べて……父上と母上と果胡から、お前たちへの祝いの言葉をもらおう。それが終わったら、いよいよ街へ出発だ、いいな……？」

「きゅう、きゅっ」

「きゅうう〜」

「きゅっ」

父上とお出掛け！　と顔を見合わせてうれしそうにしている仔虎たちを、葵士は後ろから三頭まとめて両腕でギュッと抱いた。

モコモコの大きな毛玉のような彼らを抱いたまま、寝台から床へと降りる。

「ほらほら、もう起きるなら……居間の方へ行って、皆で遊んでいて。僕と航はこれから、着替えないといけないから……。それが終わったら、今日は少し早めに朝食にしよう」

「きゅうっ♪」

三頭を床にそっと下ろすと、彼らはダッと駆け出した。

開けっ放しになっている扉を通って居間の方へ行った三頭を見送り、ふう、と息を吐く。葵士はふと、寝台の上に座る航から、じっと見つめられているのに気付いた。

「なに……？」

「いや、いい眺めだな、と思って……」

微笑んだ彼の言葉でハッとし、寝台の上に脱いであった夜着でパッと身体の前を覆う。

「ちょ……ちょっと、見ないでっ」

葵士が頬に血を上らせて言うと、航は寝台をギシッと軋《きし》ませて降りてきた。

ゆっくりと葵士に近づき、顎《あご》先を片手でつかむ。

「いいじゃないか……昨夜も、散々見たのだから。葵士……」

「あ、航……ん」

唇をぴったりと重ね合わされて、葵士は静かに目を閉じた。

航は葵士の唇を啄んだり、口の内部の粘膜を舐め上げたり……舌を強く吸ったりして、濃厚な愛撫を続ける。昨夜、愛し合ったときにしたのと同じ口付けだ。

（もう……！　航のこういう強引なところって、出会ったときからまったく変わらない……。いっしょにこの皇城で暮らし始めてからも、仔虎たちが生まれてからも……）

葵士はうっとりと口付けを受けながら、都の外れにある蔵元《くらもと》の実家を出て、航とここ皇城で暮らし始めてからのことを思い出していた。

今から一年と三ヶ月ほど前の、去年の春――。

葵士が事実上の妻として皇城で生活を始めてすぐに、航は先帝の跡を継いで皇帝となった。

ただし、航と葵士が結婚式を挙げて夫婦となったのも、航が儀式を終えて正式に皇帝となったのも、それから四ヶ月先の秋のことだったが――。

事実上の結婚から三ヶ月後の夏には、二人の間に仔虎たち三頭が生まれた。

皇城に伝わる虎の血のことを、葵士はそれ以前に、航から聞いて知っていた。

だから、虎の血を引く航が、男同士でも仔虎を作ることができるということを、いちおうは理解しているつもりだった。だが、実際にその不思議なことが自分の身に起こってみると、かなりの衝撃を受けた。

本当に仔虎を孕《はら》んでいるのか。本当に仔虎を産めるのか。

その頃は、大好きな航の仔虎を産めることがうれしい一方で、皇城内での生活にもまだ慣れていないこともあって、毎日、不安と心配でいっぱいだった。

航の母から――以前は葵士と同じような境遇《きょうぐう》にあった前皇帝の妃・里久から、出産の詳細とその後の仔虎たちの世話について話を聞き、なんとか出産を乗り越えた。

出産後は、子育てについても里久から助言をもらい、とても心強かった。

無事に生まれた仔虎たちは、すくすくと育ち――。

今日は、三頭の一歳の誕生日だ。

家族皆で祝うために、午前中は、仔虎たちの希望で、都の街の屋台へ買い物に行く。

昼食を屋台で済ませたあと、皇城に戻ってくる。

午後からはこの部屋の窓扉から出ることができる外の庭で、ブランコ遊びをする予定だ。

たっぷりとブランコで遊んでから、夕食には、航と葵士が、仔虎たちに焼き小籠包《しょうろんぽう》を作ってやる約束になっている。

葵士は、今はもうすっかり皇城での暮らしに慣れた。

家族とともに、楽しく充実した日々を送っている。

（仔虎がいっぺんに三頭も生まれて、どうなることかと思ったけど……。でも、航がすごく協力してくれたから、この一年間、楽しく子育てできた。航のおかげだよ、本当に……）

仔虎三頭の父親の航は、仔虎たちが大好きだ。世話もよくしてくれる。

多忙な皇帝だというのに、今日も丸一日、仔虎たちのために空けてくれたのだ。

（ありがとうね、航……）

葵士が口付けを受けたまま、深く心の中で感謝していると、航がやさしく唇を離した。

涼やかな紫色の瞳が、愛しそうに葵士を見つめてくる。

葵士は航としばらくの間、甘く見つめ合ったあと、これから街へ出掛けるための着物を身につけ始めた。航と葵士――二人分の庶民的な男ものの着物は、侍女たちが昨日のうちに寝室に届けておいてくれたものだ。

葵士の着物は、やさしい淡い水色。航の着物は男っぽい紺色だ。

「なんだか、こういった着物は懐かしいな……」

微笑んで着物を手にした航が、すらりとした背の高い身体にそれをまとい、腰帯をキュッと結ぶ。そして、自分の首の後ろに両手をやり、それまで肩に下ろしていた黒髪の一部分をまとめると、紐《ひも》で一つに束ねた。

凛とした印象が強い着物のせいか、いつもよりさらに精悍に見える。

先に着替え終えた葵士は、彼の姿に思わず見惚れてしまった。

(ああ、やっぱり、航は格好いいな……)

昨年の春、桃源山《とうげんさん》で出会い、ついにはこうして結婚することになった航。

出会いのあとにすぐ、航が葵士を嫁にもらいたいと言って、葵士の家が営《いとな》む酒蔵を訪ねてきた。

まるで押しかけ婿のように、店を手伝うことになったが――そのときにも、航は今と同じような、庶民的な紺色の着物を着て過ごしていた。

(皇帝の冠を被っていなくても、きれいな絹の着物を着ていなくても……航は充分、魅力的で輝いているっていうか。すごく素敵だ……）

葵士が見惚れ続けていると、航が首の後ろから手を離す。

「よし、用意ができたぞ」

彼は葵士の肩をやさしく抱いて、居間の方へ促した。

「まずはあちらへ行って、あの子たちと朝食を食べよう」

「うん」

微笑んで航といっしょに居間へ行き、すぐに侍女を呼んで朝食の準備をしてもらった。

仔虎たちとゆっくりと食事を終えてから、前皇帝夫妻と、航の妹・果胡の訪問を受けた。

その後、三頭の仔虎たちから『早く、早く！』と急《せ》かされ、お忍びということで普段よりも庶民的な馬車に乗って、家族で街へ出掛けることになった。

航の側近である囲方《いほう》一人を供《とも》として連れた葵士たちは、街の中で馬車を降りると、大通りに沿って並ぶ屋台を見ながら歩き始めた。

祭りの日ほどではないが、大通りは多くの人で賑《にぎ》わっている。

地方の民芸品を売っていたり、美しい服や装飾品を売っていたり。

その中でも、やはり食べ物の屋台が多い。庶民が普段の食事として食べられるような、肉や野菜の具が入った饅頭《まんじゅう》や、焼きそば、汁がたっぷりの麵《めん》。小麦粉と玉子でできた生地を揚げて砂糖をまぶしたものや、果物に甘い飴《あめ》をかけた菓子もある。

それらの商品が、周辺一帯に、美味《おい》しそうな匂いを漂わせていた。

航が二頭、葵士が一頭、胸にしっかりと抱いている仔虎たちは、目をキラキラと輝かせ、左右の屋台を一つ一つ、めずらしそうに眺めていた。

「きゅうっ、きゅうきゅう、きゅう！（わあっ、美味しそうなお饅頭売ってるっ！）」

一頭が鳴き出すと、他の二頭も負けじと、大きな声で鳴き始める。

「きゅっ、きゅう、きゅうぅぅ！（母上、父上、あれも買って！）」

「きゅきゅっ！　きゅっ、きゅうきゅう、きゅ〜っ！（あっ、あっちで美味しそうな飴をかけた林檎《りんご》が売られている〜っ！）」

三頭揃って、航と葵士が抱いている胸から身を乗り出し、今にも地面に落ちそうだ。

「きゅっ！　きゅ、きゅう！（あっち！　あっちに行く！）」

「はいはい……。全部、順番に買ってあげるから。ちょっと待ってね……」

大騒ぎしている三頭を、葵士は苦笑しながら落ち着かせた。

誕生日の今日は、街でなんでも欲しい物を買ってあげると仔虎たちに約束している。

仔虎たちは、以前、初めて街を見学してから、すっかり都の街が好きになったようだ。

彼らはその後、何度も『また行きたい』と望んでいたのだが、これまでは航の皇帝としての仕事が忙しく、なかなかこうして街へ連れてきてやることができなかった。

今日なんでも買うと約束したのは、その埋め合わせなのだ。

(僕は、虎の姿をしているときの仔虎たちが言っていることを、全部、正確に分かるってわけじゃないけど……。でも、なんとなくは分かるんだよね……)

葵士は仔虎たちに誘導されて、まずは菓子の売られている屋台の方へ向かう。

屋台の前で振り返り、背後についてきていた囲方に仔虎を差し出した。

「ちょっと、陽を見ていてくれる?」

「お任せください」

黒い短髪の囲方が、仔虎を受け取りながら慎重に頷く。

航より一つ年上の囲方は、顔立ちは整っているが、いつも表情が硬い。いかにも武闘派という印象の彼なのだが、仔虎の陽を胸に抱いた今は、その口元がわずかに緩んでいる。

彼は自他ともに認める『仔虎好き』なのだ。

最初は航と葵士の結婚に反対していた囲方は、可愛い仔虎を三頭も産んだから、という理由で、葵士を航の妻として認めるようになった。

(ああ、囲方……陽を抱いて、ちょっと……ううん、とってもうれしそう……)

葵士は心の中で苦笑し、小さな林檎に飴をかけた菓子と、餡入りの饅頭を三つずつ買った。

三頭それぞれに、菓子を二種類ずつ渡す。

仔虎たちは両方の前脚で器用に、饅頭と、林檎の挿《さ》してある太い串を持った。パクパクと饅頭を食べ、次に飴がけの林檎を齧《かじ》り始める。

「お前たち、ついさっき、朝食を食べたばかりだろう。よくそんなに食べられるな」

航が、仔虎たちを呆《あき》れたような顔で見た。彼は自分が抱いている仔虎二頭と、囲方が抱く仔虎の陽に、軽いため息を吐きながら言う。

「これから昼食も屋台で買って、外で食べる予定なのだぞ。その前に、あまり菓子を食べ過ぎると、腹がいっぱいになってしまうだろう? 以前から食べたがっていた、焼きそばや烏賊《いか》焼きを食べられなくなるぞ。それでもいいのか……?」

航の言葉に、仔虎たちは小さな赤い林檎を齧りながら、フルフルと首を横に振った。

「きゅう、きゅっ! きゅうう、きゅう～! (食べられるよっ! このお菓子は別腹!)」

「きゅ! (大丈夫!)」

「きゅ～、きゅうぅ～ (焼きそば大好き～、烏賊焼きも～)」

ニコニコとご機嫌な仔虎たちの姿に、航はもう一度、短いため息を吐く。

「まあ、食べられると言うなら、いいのだが……」

「仔虎たち、うれしそうだよね」

葵士は航を見上げ、幸せな気持ちを込めて微笑んだ。

航は仔虎たちをぐるりと見回し、満足そうに口元を緩ませる。

「そうだな……久しぶりの外出を、心から楽しんでいるようだ。この子たちは、普段、窮屈《きゅうくつ》な皇城の中にいる。こうして外に出ると、解放感がたまらないのだろう」

「……？　皇城は広いし、それほど窮屈とは思わないけど……？」

「広さの問題ではなくてだな……」

瞬きを返した葵士に、航は頷きながら言った。

「いろいろと、行動が制約される……という意味だ。この子たちは、どこへ行くのも自由にならない。特にまだ子供の今は、危険が多いからな」

「あ、それか。そうだね……」

納得して頷いた葵士に、航は、うんうん、と何度も頷く。

「俺も子供の頃には、皇城の外での自由な生活、というものにとても憧《あこが》れたものだ。まあ、ある程度の年齢になってからは、囲方といっしょに、よく街へお忍びという形で出掛けていたけれどな。幼い頃に制約された反動で……」

「そうだったんだ……？」

「いや、だが、母上や父上をあまり心配させてはいけない、とも思っていた。だから、大人になってからも、そうそう遊び回ってばかりいたわけではないぞ」

「ご両親のことを、ちゃんと思い遣《や》っていたんだね。航はやさしい子だったんだね。あ、もちろん、今もやさしいけど……」

葵士が微笑むと、航は急に照れ臭そうに視線を逸《そ》らした。

「む……。お前にそんなふうに言われると、なんだか面映《おもは》ゆいな……」

「ふふ。……あ？」

葵士はふと、飴がけの林檎を食べ終えた陽が、くんくん、と囲方の胸でその鼻をうごめかしているのに気付く。そして、次の瞬間、仔虎の陽は囲方の腕からスルリと抜け出した。

あっと思ったときには、仔虎はストンと身軽に道に降り立っていた。

囲方は一瞬、なにが起こったのか分からず、仔虎の陽を抱いていた格好のままで呆然《ぼうぜん》と立っていた。しかし、すぐに、ハッと我に返る。

「よ、陽様っ……？」

囲方があわてて上半身を屈め、サッと白い仔虎に手を伸ばしたそのとき。

航に抱かれていた夕花と月花の二頭も、彼の胸をスルリと抜け出し、素早く陽と同じように道に跳び降りた。

彼らが落とした、食べ終えた飴がけの林檎の串が、三本、パラパラッと地面に散らばる。

そして、そのあとすぐに――。

三頭が揃ってダッと前方に走り出し、葵士と航、囲方は、大きく息を呑んだ。

「ちょっ、ちょっと……！」

葵士は自分の頬から、一気に血の気が引くのが分かった。

「よ、陽っ！　夕花、月花っ……！」

「お待ちください、陽様っ、夕花様、月花様っ!!」

追いかけようとした葵士だったが、その前に、囲方が仔虎たちを追って走り出していた。

「街への外出中は勝手にどこにも行かないと、私と約束したではありませんかっ!!　出発前にあれほど何度も……もうお忘れになったのですかっ!?」

囲方は必死に叫び、多くの通行人を避けながら走っていく。

だが、航は立ち止まったまま動こうとしない。

「こ、航っ？」

なにか考えがあるのだろうか？　葵士が仔虎たちを追いかけるのを躊躇《ちゅうちょ》していると、航はゆっくりと腰を屈めて地面に手を伸ばした。

「やれやれ……。あの子たちに、こんなふうに串を捨ててはダメだと、注意しておかないといけないな。まあ、とっさに我を忘れて、やってしまったのだろうが……」

彼は林檎の串三本を拾い上げ、着物の胸から取り出した紙袋の中に収める。

そしてその紙袋を、再び着物の胸にしまった。

「しかし、俺が幼い子供のときには、親の言うことをよく聞いて、自分の思うようにはなかなかできないこともあったが……あの子たち三人は、俺とはまったく違うようだ。やはり三つ子で仲間が三人いると違うものなのだろうか。あの子たちは、俺の子供時代よりも、ずいぶんと自由に伸び伸びと生きているようだな……」

「航……? な、なにをブツブツ言っているの?」

仔虎たちが駆けていった前方を見つめている航に、葵士は焦りながら問う。

「探しに行かなくていいの? 陽たちに、なにかあったらっ!」

「大丈夫だ」

航は広い肩をすくめ、にこりと余裕ありげに微笑んだ。

「行先は見当がついている。仔虎たちが向かったのは、きっと……葵士、では行くぞ」

「え……?」

航に促されて、葵士も彼のあとについて歩き出す。

早足で大通りを歩いていった航は、一軒の屋台の前で立ち止まった。

焼き台の上で、豚肉の角煮を三切れほど串刺しにしたものが炙《あぶ》られていた。それを見上げて、屋台の前の道には、白い仔虎が三頭、ちょこんと横並びになって座っている。

うっとりとした表情の仔虎たちのそばで、囲方が困惑したように立っていた。

「ほら、な。ここだっただろう?」

「……」

「この子たちが、街へ出たらまた食べたい、と言っていた角煮の串焼きだ。先ほど、かすかに八《はっ》角《かく》の匂いが漂ってきていた。この子たちは、近くで売られているのに気付いたんだろう」

航は微笑んだまま、仔虎たちのすぐ後ろから声を掛ける。

「こら、お前たち！　食べ終えた串を放っていっただろう？　このように、街を汚すことをしてはいけない。いつも、そう教えているではないか」

「きゅっ……？」

驚いたように振り返った仔虎たちが、あ、と目を瞠った。

そして、航が自分の着物の胸から取り出した、飴がけの小さな林檎が刺さっていた串入りの紙袋を見上げ、仔虎たちはハッと我に返ったようになる。

三頭は眉尻を下げ、きゅうきゅう、と鳴き出した。

「きゅううう～っ……きゅ、きゅう～……」

いかにも悲しそうな声に聞こえる。ごめんなさい、と謝っているようだ。

航は紙袋を胸にしまい、深く頷く。

「きちんと反省しているなら、いいだろう。もうこのようなことをしてはいけないぞ」

「きゅうぅ～……」

「よし、では、先ほどは、葵士が菓子を買ってやったからな。今度はこの父が、お前たちの欲しいものをなんでも買ってやるぞ。……そうだな、まずはこの豚の角煮の串焼きを買ってやろう。一人一串ずつ、食べられるか？」

「きゅ、きゅうっ♪」

道に座る仔虎たちが航を見上げ、うれしそうに高い鳴き声を上げた。

「航様っ？　皇子様たちが勝手に走り出したことを、叱らないのですかっ？」

囲方が眉を寄せて悲鳴のような声で抗議したが、航はさらりと受け流す。

「ああ……それはまあ、いいではないか。美味そうな八角と甘い豚肉の匂いを嗅《か》いで、三頭ともつい、我を忘れたのであろう」

「っ？　あなたは仔虎に甘過ぎますっ！」

「安心しろ、お前ほどではない」

航は、さっさと仔虎三頭をまとめて胸に抱き上げた囲方に、苦笑いを浮かべた。

囲方は主人のそんな反応などまるで構わず、思いつめたような真面目な顔で仔虎たちを見つめ、ブツブツと呟《つぶや》いている。

「やはり、航様には任せておけない。仔虎たちのこれからの教育は、この私が責任を持って行っていかなければ……」

「いいのだ、囲方。ほら、仔虎たちをこちらへ渡せ」

「あっ……！」

航は囲方の胸から、仔虎三頭を強引に取り戻した。

仔虎たちを奪われて不満そうな顔の囲方を尻目に、航はこれまでと同様に二頭の仔虎を自分が抱き、一頭は葵士に抱かせる。串焼きを三本買い、それを囲方に持たせた。

「さあ……では、他の屋台も見て歩こう。葵士、行くぞ」

「う、うん」

仔虎を抱いて歩き出した葵士だが、気になって囲方の方を振り返ってみた。

彼は憮然《ぶぜん》とした表情で、葵士たちのあとをついてくる。

恨めしそうに航の背中を見ている彼の目が、今もまだ『甘い、甘過ぎます！』と航に言っているようで、葵士はあわてて前を向いた。

(囲方って本当に仔虎が好きだよね。すごく不満そう……)

なるべく仔虎たちのことで囲方を刺激しないようにしよう、と心に決め、街を歩いていく。

航はそれから仔虎たちが望むままに、食べ物を買っていった。

すぐには食べきれないほどの量で、屋台で持ち帰り用の袋に入れてもらった。

そうやってあちこちで仔虎たちに買い物をさせ、様々なものが売られている屋台を見て歩いているうちに昼が近づいてきて、昼食をとることにした。

仔虎たちが食べたがっていた焼きそば、烏賊焼き、海鮮の蒸し饅頭、餡かけの肉の揚げ物などを、それぞれ二、三皿ずつ買った。

それから大通りの端の方へ行き、道沿いに築かれている三段ほどの石垣の上に大きな敷布を広げる。

葵士は料理を人数分の皿に分けて並べ、持参した飲み物も皆の杯に注ぐ。

囲方もいっしょに並んで座った。

用意が整うと、仔虎たちは早速、自身の前に置かれた皿に頭を突っ込む。ガツガツ、とものすごい速さで食べ始めた。

「どうだ、美味いか？」

航は自分の横で料理に食らいついている仔虎たちを、やさしげな瞳で見つめる。

「お前たちが以前から食べたがっていた焼きそばも、烏賊焼きもあるぞ。他にも、揚げ肉の餡かけや、海鮮饅頭や……」

航が言っている途中で、仔虎三頭がパッと顔を上げて彼を見上げた。

「きゅうっ！（美味しいっ！）」

「きゅっ♪（最高っ♪）」

「きゅう、きゅうう、きゅう〜（父上、買ってくれてありがとう〜）」

明るい笑顔の仔虎たちに、航はますます目尻を下げる。

「そうか、そうか……。しかし、本当によく食べるな、お前たち……」

仔虎たちの気持ちのいいくらいの食べっぷりに感心しながら、葵士と航も食事を進めた。

囲方は自分が食べるのもそっちのけで、仔虎三頭の食事の世話をしている。

食べにくい烏賊の切り身を小さく千切《ちぎ》って仔虎に自分の手から食べさせてやったり、少し口の周りが汚れるとすぐに布で拭いてやったり。いかにも堅物《かたぶつ》といった真面目そうな顔をして黙々と世話をしている彼だが、口元が緩んでいて幸せそうだ。

そんな囲方を、航は『仔虎に甘過ぎなのはどっちだ？』と言わんばかりに笑顔で見ていた。

やがて、葵士や航が食事を終えた頃、腹いっぱいになった仔虎たちは、こっくり、こっくりと船を漕《こ》ぎ始めた。

敷布の上で身体を寄せ合い、目を閉じて……今にも眠ってしまいそうだ。

葵士は三頭が石垣から落ちないように、そっとそばに寄り添って背中を撫でた。

「眠いみたいだね……少し、お昼寝しようか。そのあと、また街を見てから帰ろう」

「きゅ……」

仔虎たちが、甘くか細い声で返事をして頷く。

重なり合ったまま、白い団子のようになって眠る仔虎たち。その邪気のない安らかな寝顔を見下ろしながら、葵士は肩で長い息を吐いた。

「ふう……」

重く深刻そうなため息に聞こえたのか、航が心配そうに訊いてくる。

「どうした？　疲れたか？」

「ううん。そうじゃなくて……」

眠っている仔虎たちを挟んで座っている彼に、葵士は苦笑しながら首を横に振った。

「ちょっと……やっぱり、見つからなかったなあ、と思って」

「……？」

「実は、今日街へ出たらどこかでいいものが見つからないかな、と思って……探していたんだ。ほら、仔虎たちの一歳のお誕生日だから、僕からも仔虎たちに、なにか特別な贈り物をしたいな、と思って……。いいものが見つかったら買おうと思って、さっきも屋台を巡っているときにずっと探していたんだけど……」

だが、結局、よいと思えるものは見つからなかった。

葵士がそう言うと、航は神妙に頷く。

「『特別な贈り物』か……正直言って、それは難しいな。基本的に、仔虎たちに必要な物も、欲しがるような物も、すべて皇城にすでに用意されているからな」

「そうなんだよね……」

三頭の仔虎たちは、皇帝の航の子として大事にされ、なに不自由なく暮らしている。

それはとても幸せなことだと思うし、葵士は子供たちのそんな境遇に、いつも感謝している。けれど……今回のようなときには、幸せ過ぎるということが逆に、困った事態を招くことにもなってしまうのだ。

もし、仔虎たちが一般的な家庭の子供だったら。特別な贈り物というのも、それほど悩まずに見つけられたかもしれない。

「今夜の夕食は、俺とお前が、仔虎たちに焼き小籠包を作ってやることになっている。きっとあの子たちにとっては、一歳の誕生日の『特別な思い出』になるだろう。それでもう、充分なのではないか？」

航は葵士の気持ちを分かってくれているのか、微笑んで頷きながら言う。

「それに……来月の一日に、仔虎たちの誕生会を開くことになっているだろう？　まあ、外国の王や大臣たちを招く、政治的な色合いが強いものではあるが……。その席で、仔虎たちは招待客たちから多くの贈り物をもらうことになるだろう。だから、余計に、もう『物』はいらないのではないか……？」

「うん、そうも思うんだけど……」

葵士はまだ諦めきれない気持ちを、素直にさらした。

「でも、やっぱり、なにかあげたいな。大好きな航との間に授《さず》かった、大好きな仔虎たちだから……。僕にとっては、誰よりも、なによりも、大切な子たちで……。そんな子たちの、せっかくの一歳の誕生日なんだから」

「葵士……」

航は愛しそうな眼差しで葵士を見つめてくる。彼は片手で、自分の横に一つの団子になって眠っている仔虎たちの背中を撫でた。

「お前がそんなふうに思っているだけで、この子たちは充分に幸せだと思う。だから、『特別な贈り物』をするということに、あまりこだわったりするな」

「うん……」

「お前は日々、この子たちに、誰にも真似できないくらいの深い愛情を注いでいる。毎日、この子たちに世界でただ一つだけの最高の『贈り物』をしているのと同じなのだから……」

「うん、ありがとう、航……」

航のやさしい言葉に微笑んで頷いた葵士だったが、やはり諦めきれない。

できれば、この外出中に見つけたい、という気持ちでいっぱいだった。

仔虎たちが昼寝から起きて皇城へ戻る間も、なにか仔虎たちにとって『特別な贈り物』となるものが売られていないか、と。

歩きながら、ずっと道の左右の屋台を見回して探していた。

しかし、結局、なにも見つけられないまま、皇城に着いてしまった。


お忍びでの街への外出から、昼過ぎに帰ってきて——。

葵士と航は、すぐにいつも皇城内で着ている絹の着物へと着替えてから、居間から出られる皇帝専用の広い庭で、仔虎たちとともにブランコ遊びを始めた。

庭にブランコが作られたのは、五代前の皇帝のときだったと聞いた。

西洋との交易を活発に行うようになった時期だ。当時の皇帝が、自身の四つ子の仔虎たちのために、西洋の玩具であるブランコを庭に作ったとのことだった。

その後、何度も修繕を重ねながら、これまでの歴代の皇帝一家が使用してきたという。

最初見たときにはどうやって遊べばいいのか分からなかった葵士だが、航に教えてもらってすぐに覚えた。今では昼間、毎日のように三頭の仔虎たちとブランコを使って遊んでいる。

高い内塀に囲まれた、皇帝と妻、そしてその子供たちしか入ることのできない庭。

庭の奥にある木製の扉の向こうには、小さな滝も造られている。囲方には居間で待っていてもらうことにして、その庭で、葵士たちは家族だけでブランコ遊びを楽しんだ。

陽、夕花、月花といった仔虎たちは、庭でのブランコ遊びが大好きだ。

今日は特に、父親の航と乗れるとあって、仔虎たちは大はしゃぎしている。

三頭が順番に航の膝に抱いてもらい、いっしょにブランコに揺られて楽しんだ。

航が自身の乗ったブランコを思いきり高く漕ぐと、仔虎はうれしそうに、きゅうきゅう！　と鳴く。その姿を、葵士はそばで残りの二頭の仔虎たちとともに、笑顔で見守っていた。

夕方近くになり、そろそろ部屋で一休みしてから夕食の準備に取りかかろう、ということになった。

家族皆で居間の方へ戻ると、部屋に入ったところで囲方が出迎えてくれた。

「航様、ちょうどよかったです。侍女から連絡がありまして……葵士様のお兄様が、お着きになったそうです」

「おお、そうか」

航が笑顔で頷き、廊下に面した扉の方へ視線を遣る。

「そろそろ来る時間だと思っていた。通してくれ」

「承知いたしました」

囲方が一礼をして扉へ向かい、外の廊下にいる侍女に声を掛けた。

葵士は庭から入ってすぐのところにある長椅子に、三頭の仔虎たちを座らせる。土で汚れた彼らの小さな足を、用意されていた濡れた布で拭き終えたとき、囲方が葵士の兄を連れて戻ってきた。

「お兄ちゃんっ！」

葵士はパッと笑顔になり、膝をついていた絨毯《じゅうたん》から立ち上がる。

「葵士……」

四つ年上の二十二歳の兄の柊世《しゅうせい》も、歩きながら懐かしそうに微笑んだ。

茶色のサラサラした髪が耳の上辺りまでを覆う彼は、肌の色素が薄い。男らしいのに上品でやさしげな雰囲気で、大人っぽい淡い若草色の着物がよく似合っている。

柊世は、その着物の胸の前で、布で包んだ大きな荷物を大事そうに抱えていた。

葵士は兄の柊世から、小さな頃から可愛がってもらっていた。今も仲がいい。

もし、ここが皇城のしかも皇帝の部屋でなければ、柊世はすぐさま葵士に駆け寄ってきていただろう。久しぶりに会うし、抱きついていたかもしれない。

だが、柊世は航とともに立つ葵士の前まで来ると、すっと両膝をついた。

「皇帝様、お久しぶりでございます」

深く頭を下げて硬い声で言った柊世を、航は苦笑しながら見下ろす。

「ああ、そんなふうにしないでくれと、いつも言っているだろう？　葵士の兄のお前は、俺の義兄にあたるのだから」

彼は穏やかな声で、立つように命じた。

「公式の場ではともかく、こうして自室を訪ねてくれたときには、もっと楽にしてくれ」

「は、では……」

柊世は立ち上がり、長椅子の上に座る仔虎三頭をチラッと見る。

「あ、大丈夫なのか？　なにかしていたところだったんじゃ……」

兄から遠慮がちに問いかけられて、葵士は笑顔で首を横に振った。

「ううん、ちょうどよかったよ。たった今、遊んでいた庭から入ってきたところだから」

「そうか」

ホッと安堵《あんど》の表情になった柊世は、航から勧められて、仔虎たちのいる長椅子と向かい合って置かれた赤い布張りの長椅子に、静かに腰を下ろす。

航と葵士は、仔虎三頭の座っている長椅子の方に、彼らを間に挟んで座った。

仔虎たちの誕生日の今日、葵士の兄がこうして夕方に、皇城を訪ねてくる約束になっていたのだ。今日は街の酒屋に酒の配達もあるので、その帰りに、葵士の母が手作りしてくれた桃饅頭を、お祝いとして届けてくれる、とのことだった。

葵士の兄の柊世と両親は、仔虎たちが葵士と皇帝の航との間にできた子だと知っている。

仔虎三頭が生まれてからこの一年の間に、葵士はちょくちょく実家に帰って、仔虎たちを家族である彼らに会わせていた。

ゆっくりと時間をかけて、仔虎たちに慣れさせていった。彼らが仔虎三頭を自然と可愛がってくれるようになってから初めて、仔虎を産んだのは自分であることを話した。

皇家に伝わる虎の血のことは秘密とされているため、話せなかった。だが、皇家の人たちには航を含めて特別な力があり、それで獣の姿になれる子供を産むことができたのだ……とぼかして説明したところ、兄の柊世も両親も、思っていたよりもすんなりと、その不思議な事実を受け入れてくれたのだった。

『皇家の方々は特別な存在だからな。そういうことも、あるのかもしれない』

葵士の父などは真剣な顔で、そんなふうに言っていた。

今ではすっかり、兄の柊世も両親も、仔虎たちを航と葵士の子として認識し、とても可愛がってくれている。

可愛い初孫である彼らに、誕生日のお祝いを伝えに皇城へ行きたい、と。

葵士の両親もそう思い、柊世といっしょに皇城を訪れたい気持ちでいっぱいだったが、あまり大仰《おおぎょう》になると皇帝の航に対して迷惑になるのではないか、と思い直した。それで自分一人で行くことになったと、柊世は事前に手紙で知らせてきていた。

それに、来月一日に開かれる仔虎たちの誕生会には、葵士の両親も招待されている。

そのときに、仔虎たちに直接、正式なお祝いを伝えられることを楽しみにして、両親は今回の訪問を見送った、とのことだった。

（お父さんとお母さんには、誕生会のときに会えるし……。今日はお兄ちゃんにこうして会えただけでも、すごくうれしい……）

葵士が喜びをこらえきれずに微笑んでいると、航がそばに控えて立つ囲方を見上げた。

「今、侍女たちに茶を運ばせよう——囲方」

囲方が一礼をして扉の方へ向かう。

彼から指示された侍女二人が、すぐに冷たいお茶を運んできた。

航や葵士、仔虎たちの分もあるそれが、向かい合った長椅子の間に置かれている、低い卓台の上に並べられる。

航に勧められてお茶を一口飲んだ柊世は、杯を卓台に戻し、改まったように口を開いた。

「あの、これを……」

長椅子の上で自分の横に置いていた大きめの布包みを、両手で差し出してくる。

「今日は、皇子様と皇女様たちのお誕生日ということで……。ささやかなものですが、お祝いの品を持参いたしました。どうぞお収めください」

「おお」

「お兄ちゃん、ありがとう」

葵士は柊世が卓台にそっと置いた包みの布を、いそいそと解いた。

中には深い籠《かご》が入っており、そこに二種類の饅頭が詰め込まれていた。

一つは、葵士も以前に航の妹の果胡が訪ねてきたときに作ってあげたことのある、桃饅頭だった。桃の形をしていて、薄っすらと赤く色付けされており、中には桃と白豆で作った餡が入っている。もう一つは丸く平べったい形の、白い酒饅頭だ。

包みを開けたときに、ふわっと立ち上ったよい酒の香りで、葵士はピンとくる。

「あ、こっちは……酒饅頭だね」

「そうだ」

柊世は頷き、航の方を見た。

「こちらは皇帝様に、と母が申しておりました……。桃饅頭は甘いですが、こちらはだいぶ酒を利《き》かせた味になっております。お口に合えばいいのですが……」

「それはうれしいな。俺は桃饅頭も好きだが、酒饅頭も大好きだぞ」

航は大きな籠を両手で自分の膝の上へと移動させ、すうっと深く息を吸う。

「うむ……いい香りだ。俺の好きな、お前たちの蔵元で作った『金酒《きんしゅ》』を使ってあるのだな」

「はい」

「お前のご両親に、俺が深く礼を言っていたと伝えてくれ」

「はい、承知いたしました」

うやうやしく頭を下げる柊世と航の様子を見て、葵士はうれしくなった。

結婚してすぐの頃は、兄の柊世と航はどこかギクシャクして見えた。それは柊世が、可愛い弟の葵士を、皇帝とはいえ男に奪われた、という衝撃から立ち直っていなかったからだ。だから、二人が会話しているときは、いつも妙に緊張した空気が漂っていた。

だが、結婚から一年と三ヶ月が経過した今、彼らは自然体で穏やかに話している。

兄が——大事な家族の一人が、自分の最愛の人へのわだかまりを解いてくれたのだと思うと、葵士はつい笑顔になってしまう。

「僕も大好きだよ、酒饅頭……。お兄ちゃん、僕も食べていいんだよね？」

「もちろんだ」

柊世は葵士に微笑みかけてきた。

「お父さんは、来月の一日に招いてもらった誕生会では、お祝いとして極上の酒を献上したいと言っている。うちの酒蔵で百年以上寝かせてある酒の中から、特に味の仕上がりのいいものを選ぶ……って、今から張り切っているぞ」

「そうなんだね」

「それで……俺も、今日、ここに来るにあたって、皇子たちになにか祝いを持参できないか、と思ったんだが……。いいものが思い浮かばなくてな、すまない……」

「そんなの、気にしないで」

申し訳なさそうに言う兄に、葵士は首を横に振る。

親である自分ですら、仔虎たちの祝い選びは上手くいっていない。難しいのだ。兄にそのことで苦労したり、気に病んだりして欲しくない。

「こうして、お兄ちゃんが皇城を訪ねてくれたことが、仔虎たちにとってのなによりのお祝いだよ。仔虎たちも、僕も、久しぶりにお兄ちゃんに会えてうれしいから」

「葵士……」

柊世と微笑み合っていると、葵士の隣で、仔虎の陽がピョンと長椅子から跳び降りる。

「あ、陽っ……？」

小さな白い仔虎は、低い卓台を回り込んで、柊世の座る長椅子の方へ向かっていった。

彼は絨毯に後ろ脚をついたまま、柊世の膝に両の前脚を載せ上げる。伸びをするようなその体勢のまま、柊世をじいっと見上げた。

そして、右の前脚の先で、トントン、と軽く柊世の手を叩く。

「きゅ、きゅう～っ？」

「え……あ、あの……？」

瞬きをして頬を強張らせた兄の柊世に、葵士は、ふふ、と微笑んだ。

「陽は、お兄ちゃんに抱っこしてもらいたいみたいだよ。そうやって、爪を出さずに肉球で、トントン、ってするのは、おねだりのときだから……」

「だ、抱っこ？」

柊世がますます戸惑っているうちに、仔虎の陽は彼の膝によじ上った。

四本の脚でフラフラと安定せずに膝の上に立っている仔虎を見て、航が柊世に言う。

「陽を抱いてやってくれ」

「そんな……恐れ多いですっ。次期皇帝様であらせられるのに、私などがっ……！」

勢いよく首を横に振った柊世に、航は、ふむ、と口を結んだ。

「お前は、その『次期皇帝』の伯父だろう？　伯父が甥を抱くのは、それほどおかしいか？」

「そ……そういうわけでは……」

「ほらほら。早く抱いてやらねば、陽が膝から落ちてしまうぞ」

「で、では、失礼して、少しだけ……」

膝の上でグラついている仔虎を、柊世は恐る恐るといった手つきで抱っこした。

仔虎の陽は満足げに、ペロペロと柊世の手を舐める。

「きゅっ、きゅうっ」

甘えた声で鳴く仔虎を、柊世はギュッと力を入れて抱きしめた。

真っ白なフワフワの毛に頬を埋めた彼は、うっとりと微笑む。柊世を慕う取引先の店などの若い女性たちが見たら、卒倒しそうなほどの極上の笑みだ。

「なんて可愛らしい……！　とてもやわらかく、気持ちのよい触り心地です。仔虎がこれほど温かく、ふんわりとしているとは知りませんでした」

「失礼っ！」

「あっ？」

突然、そばの壁際に控えて立っていた囲方が近づいて、柊世の胸から仔虎を奪い取った。

「きゅっ……？」

囲方の胸に抱かれた仔虎の陽も、仔虎を取り上げられた柊世も、呆然としたが――。

二人のそんな反応には構わず、囲方は長椅子に座る柊世を居丈高《いたけだか》に見下ろし、明らかに刺《とげ》と毒のある早口で言った。

「残念ですが、陽様は今、大変お疲れです。今日は午前中ずっとお出掛けされていて、それはもう、いろいろと忙しかったのです。ですから、お抱きになるのはそれくらいでおやめになられた方がいいでしょう。……いえ、おやめください」

「は、はあ……」

頭の中が『？　？　？』と疑問符だらけらしい柊世だが、とりあえずは頷いている。

囲方は早足で葵士たちの方へ向かってきて、仔虎の陽を葵士と航の間に、他の仔虎たちとともに座らせ、また壁際へと戻っていった。

彼は何事もなかったかのように口を結び、再び壁を背にして控えて立つ。

その表情は硬く、なにを考えているのか分かりにくい。だが、葵士と航には、囲方がどうしてピリピリとした不機嫌な空気をまとっているのか、すぐに理解できた。

「囲方、もしかして……嫉妬《しっと》した？　仔虎たちをお兄ちゃんに取られる、って思った……？」

チラッと航の方を見て小声で問いかけた葵士に、航が、そのようだな、というように静かに頷く。

「でも、ちょっと、今のは大人げなかったんじゃ……」

「お前の兄に、あとで謝っておいてくれ」

二人でこっそりと深いため息を吐いたあと、苦笑し合った。

それからしばらくして兄が帰り、葵士と航は焼き小籠包を作りに厨房へ向かった。

夕飯を食べ始めたのは、ちょうど日が沈んで外が真っ暗になった頃だった。

自室の居間での、家族水入らずの食事だ。

仔虎三頭は、葵士と航が手作りした焼き小籠包と、皇城の料理人たちが腕によりをかけて作ったご馳走《ちそう》を『美味しい、美味しい』と喜び、パクパクと食べる。

葵士は航とともに、そんな仔虎たちの姿に目を細めていた。

食後には、葵士の兄の柊世が持参してくれた桃饅頭を一人一つずつ食べた。

仔虎たちが、そっちも食べる！　と酒饅頭に前脚を伸ばすのを、葵士はあわてて制した。

「こっちは酒饅頭っていって、お酒が入っているから。大人が食べるもので、子供は食べちゃダメだよ、酔っぱらうからね。分かった？」

仔虎たちは不思議そうに瞬きをし、卓台の椅子から見上げてくる。

「きゅう？（そうなの？）」

「きゅうきゅう（酔う、ってなに？）」

「きゅうっ、きゅううう、きゅうっ、きゅ、きゅう〜！（桃饅頭、もう一つもらえるなら、こっちは食べない〜！）」

仔虎たちのキラキラとした期待に満ちた目から、彼らの要求が分かり、葵士は桃饅頭をもう一つずつ三頭それぞれに食べさせた。

食事のあと仔虎たちを風呂に入れたところ、すぐに眠そうにし出した。

腹がいっぱいになったことや、今朝、張り切って早起きし、街に出掛けて……一日中遊んで疲れたこともあったのだろう。

半分眠っている彼らを、航といっしょに抱いて正宮内の風呂場から寝室へ連れて行く。

天蓋付きの大きな寝台に寝かせると、仔虎たちはあっという間に寝息を立て始めた。

葵士と航も就寝用の夜着に着替え、寝台の端に並んで腰を下ろす。

角灯の火を消し、窓から差し込む月明かりだけになった室内は薄暗かった。

寝台で目を閉じて幸せそうに眠っている仔虎たちの額を、葵士は指先でそっと撫でる。そうしながら、うっとりと温かな気分に浸った。

（ああ、もう、可愛いなあ。この子たち、どうしてこんなに可愛いんだろう……）

ここまで無事に育ってくれて、本当によかったし、うれしい……。

三頭の仔虎たちへの愛しさで胸が詰まり、息苦しくなるほどだ。

（やっぱり、この子たちの一歳の誕生日のお祝いに、なにかあげたいな。すごく記念になるようなものを……）

昼間、街に外出していたときに感じていた強い気持ちが、またムクムクと湧き上がってきて、思わず、はあ、とため息を吐いた。

月明かりだけの室内でも、葵士の思いつめた表情が分かったのか、航が訊いてくる。

「どうした、葵士……？」

葵士が顔を上げると、彼は葵士の心の内を読んだかのように言った。

「ひょっとして、まだ悩んでいるのか？　仔虎たちへの祝いのことで……？」

「あ、う、うん……」

航の口調は呆れたという感じではなく、葵士の気持ちに寄り添ってくれるかのような、やさしくて静かなものだった。葵士はつい、彼に心のすべてをさらけ出したくなる。

「実家からも、桃饅頭をもらって……やっぱり、僕もこの子たちになにかしたいなあって、また考えるようになっちゃったよ。別に、物じゃなくてもいいんだけど。親として、なにか記念になるものをあげたいなあ、と思って……」

「……」

「ほら、一年前に、仔虎たちが生まれたときに……前皇帝の嵩様と妻の里久様が、桃源山の御《ご》料地《りょうち》に、桃の木を三本植えてくれたよね……。桃園に、仔虎たち一人につき、一本ずつ。あれはすごく、いい記念だったなって思う。だから、一歳の誕生日には、あれと同じくらい特別ななにかを、僕もしてあげたいなあ、って……」

「そうか……」

航はやさしげに微笑み、葵士に同意するように頷いた。

「確かに、あれはよい考えだった。桃の木の成長を、仔虎たちも楽しめるからな」

「うん、そうなんだよ」

葵士は、仔虎三頭のやわらかな身体を撫でながら頷き返す。

「大人になって、そのあと年を取っても……ずっと長い間、仔虎たちは前皇帝様たちの愛情を感じられるし……。仔虎たちも桃の木も育ってから、美味しい桃の実を食べられるようになるのも楽しみだし……あ？」

「……？　どうした？」

「ああっ、そうだ！」

仔虎たちを撫でていた手をピタリと止めた葵士は、明るく顔を輝かせた。

「いいことを思いついた！　そうだ、そうだよ、大人になったら……！」

「葵士……？」

「早速、明日、お兄ちゃんに手紙を書かないと！　来月の一日に開かれる誕生会に、忘れずに持ってきてもらわないといけないから っ……！」

「ふむ……」

興奮気味に話す葵士に、航が微笑んで問いかけてくる。

「仔虎たちへの祝いが決まったのか？」

「うんっ」

大きく頷いた葵士だが、すぐに首を横に振った。

「あっ、でも……仔虎たちには内緒だよ。航にも……一日の誕生会のあと、なにを贈り物にするか教えるから、それまで待っていて」

「俺にも秘密か」

航は苦笑して、葵士の額に、ちゅ、と軽く口付けを落とす。

「それは残念だが……まあ、来月の一日が楽しみになったと思って、よしとするか」

「ふふ……」

葵士は微笑み、今度は安堵の長い息を吐いた。

「ああ、もう、本当によかった……！　これで、気持ちがようやく落ち着いたよ。どうして、もっと早くに、このことに気付かなかったんだろう……」

「では、これまでの憂《うれ》いはなくなったか？」

航の手にすっと頬を包まれて、葵士は微笑んだまま頷く。

「うん。今はすごく、晴れ晴れとした気持ちだよ」

「では……ようやくお前の憂いがなくなって、幸せな気分になったところで……。これから二人で、もっと幸せな気分になろう」

唇に、ちゅ、と唇を重ねられ、葵士は、え、と目を瞠った。

瞬きをしながら、自分の隣に座っている航を見上げる。彼は熱い愛情の滲《にじ》んだ眼差しで、葵士を甘く見つめていた。

「こういった仔虎の記念日には、夫婦の愛を改めてしっかりと確かめ合わないとな。なにしろこうして可愛い仔虎たちが生まれたのも、俺たち夫婦が愛し合った結果なのだから」

「え……え、航……？」

ゆっくりと背後に押し倒されていき、敷布に静かに背中が埋まった。

そっと見上げると、天蓋を背にして自分に伸しかかっている航の顔が見える。愛情と欲情の入り交じった、甘ったるい表情だ。

「葵士……いいだろう？」

「で、でも、仔虎たちがそばで寝ていて……」

「起きない。これまでもそうだったから大丈夫だ、お前も知っているだろう？」

戸惑う葵士に、航は畳みかけるように言った。

「今日は特に、仔虎たちは疲れているだろうしな」

「でも、昨夜もしたのに……」

恥ずかしいので小声で言ったが、航から口付けとともにきっぱりと返される。

「愛する妻とは、毎晩でもしたいに決まっているだろう。葵士……」

「あ……」

熱い唇が、上からぴったりと葵士の唇を覆った。

やわらかな感触にうっとりとしたとき、航の舌が葵士の唇を割る。ぐっと一気に押し込められたそれに、口の中を舐め上げられた。

強く舌を吸われて、その心地よさにゾクッと腰が震える。

「ん、うぅ……」

ちゅ、ちゅっ、と唾液の音を立てながら、航が葵士の口を吸い続けた。

いつも以上に巧みで、いつも以上に愛情が込められている濃厚な口付け。痺れるような甘さと、重なり合うお互いの身体の熱を感じて、葵士の手足から力が抜けていく。

息苦しくなるのにつれて、身体の奥で熱い炎が大きく燃え上がってくる。

航のことが愛しくてたまらなくて――。いっそこうして口付けしたまま、呼吸すらできなくなるくらい、自分のすべてを航の愛で埋めて欲しいと思ってしまう。

「う、ふ、んんっ……」

濡れたやわらかな舌に、口の中をくまなく舐められ、唇を噛まれて――。

たっぷりと長い愛撫を終えた航が、唾液の音を立てて口付けを解いた。

彼は葵士を見つめたあと、身体を起こす。手足の先まで痺れたようになっている葵士の脚の間に座って、自分の夜着を脱ぎ始めた。

「葵士……」

腰帯をするりと解き、逞しい肩から夜着を背後に脱ぎ落とす。

月明かりに照らされた、航の引きしまった裸体。

油を塗ったかのように濡れて見える濃い色の肌の滑らかさと、首の後ろで一部を束ねた艶やかな黒髪が、彼の男らしい色気をさらに強めて見せていた。

なによりも、その熱で潤んだような深い紫色の瞳に、葵士の胸はドキリと熱く鳴る。

(あ……やっぱり、航はすごく男らしくて、きれいだ……)

ぼんやりと見惚れていると、全裸の航が伸しかかってきた。

彼は葵士の首筋に顔を埋め、着物の前を開いて愛しそうに肌を吸う。

片方の手が下へ向かい、腰帯を解き始めた。航は葵士の着物を身体から剝ぎ取るようにしながら、葵士の首筋から胸へと口付けを落としていく。

平らな胸の肌を強く吸われるたびに、ビクン、ビクン、と身体が跳ねた。

喘ぎ声が漏れそうになるのを、自分の指の背を噛んでこらえる。

しかし、やわらかな脇腹を吸われたときに、ゾクッと電流のような強い快感と震えが中心を貫き、葵士はつい、腰を大きく捻《ね》じった。

「ぁっ……」

甘い声を上げ、震えた指が口から離れる。

その手に勢いがついて、そばで寝ている仔虎の一頭の背中を打った。

「あっ？」

葵士は仔虎が起きると思い、ピタッと動きを止めて息を呑む。

「きゅ……」

仔虎は目を閉じたまま小さく鳴いたが、何事もなかったかのようにまた寝息を立て始めた。

葵士は浅く静かに息を吐き、胸を撫で下ろす。

「ほら、大丈夫だと言っただろう？」

「うん……」

口付けしていた胸から顔を上げて微笑んだ航に、葵士も微笑み返した。

航は葵士の着物を再び丁寧に脱がせていき、葵士の露《あらわ》になった細い肩の上や、太腿といったところにも唇を滑らせ、その肌を吸った。

身体が芯から熱くなって、お互いが触れ合わせている肌に汗が浮いてくる。

航も充分に欲情していることが、彼の息遣いの荒さから分かった。航が葵士の上で身体を動かすたびに葵士の脚に触れるその中心は、芯を持って硬くなっている。

葵士を裸に剝《む》いたあと、航は葵士の腰をつかんで持ち上げ、四つん這いの体勢を取らせた。獣のような体位が恥ずかしくなり、葵士の頰にじわっと血が上がる。

「葵士、繋がる準備をしておこう……」

甘く囁いた航が背後に膝立ちになって、葵士の臀部《でんぶ》に顔を近づけてきた。

左右に割った双丘の間を、熱い舌で、ぺちゃぺちゃと音を立てて舐め始める。

この立派で大きな寝台の上で、これまでに何度も夫婦の営みをしてきた。だが、今もまだ、こうして秘部をほぐされるときが一番恥ずかしい。

そして、そうやって恥ずかしいと思うことすら、快感に繋がってしまう。

舌が、潤んだ入り口の肉を押し広げ、窄《すぼ》まりの中まで入ってくる。内側の襞《ひだ》を舐め上げられて、気を失うかと思うほどの快感で腰が震えた。

「あ、ん、んぁっ……！」

掠れた喘ぎ声を漏らし、敷布をしっかりとつかんで、身体が崩れ落ちないように耐える。

自分の中心が勃ち上がり、先端から粘液が滴《したた》るのが分かった。ぬるぬるとして芯を持ったそれを、背後から回された航の大きな手で扱《しご》かれる。

ゴツゴツした手で前後に強く擦られて、葵士は腰を細かく震わせた。

「あっ、航っ……！」

敷布をギュッと握って膝に力を入れ、すぐにでも放出しそうな下半身を強張らせる。

葵士は甘く掠れる声で、愛しい航のものが欲しい、と訴えた。

「航、もう、欲しいっ……」

「葵士、俺も……もう、我慢できないっ」

窄まりから口を離した航が、素早く葵士の背後に膝立ちになる。

彼は、四つん這いになって敷布に膝をついている葵士の、ほっそりとした腰を両側からつかんだ。そうして葵士を動けなくしてから、自身の熱い中心を近づけてくる。

自分の雄に手を添えたかと思うと、葵士の窄まりの入り口にその先端を何度か擦りつけた。

それから真っ直ぐに、ぐっと力を込めて、潤んだ内側へと押し込んでくる。

「あああぁ、あっ――」

窄まりの奥までが太く硬い雄の圧力で割られていき、葵士は悲鳴のような声を漏らす。

航が事前に舌でたっぷりとほぐしてくれたためだろう、硬く屹立した彼のものは、すんなりと根本まで葵士の中に収まった。

繋がっている部分が、火傷しているみたいに熱い。

痛くもあったが、その痛みのように感じるジンジンとした刺激がまた気持ちいいような気もする。そして、いつも性交のときに航から与えられる強烈な悦《よろこ》びと快感を、今夜も期待してしまっている自分がいた。

航の雄で窄まりの中がいっぱいなのを感じながら、葵士は熱く長い息を吐いた。

それに合わせて全身がいくらか弛緩《しかん》し、先ほどまでの挿入途中の緊張が解けたことが、航にも伝わったのだろう。彼のやさしい声が背中に落ちる。

「葵士、動くぞ……」

次の瞬間、航がゆっくりと太い自身を動かし始めた。

張りつめていて熱い、愛と欲望の塊《かたまり》。重量のあるそれが、窄まりの中の熱を持ったやわらかな襞を強く擦ると、内側が引き攣《つ》れるように感じる。

「んっ……、んんぅっ……！」

後方から与えられる圧力と痛みのような快感に、葵士は思わず甘い声を漏らした。

両手と両膝をついている敷布を、ギュッと強く握りしめて身体を強張らせる。

「葵士、葵士っ……」

航が弾んだ息で名前を呼びながら、両側からつかんだ葵士の腰を自身の方へ引き寄せた。

獣のような体勢で繋がって、何度も航のものを押し込められる。

ぐっ、ぐっ、と痛いくらいの圧力が身体の内側にかかった。そのたびに、窄まりの中に火傷しそうなくらいの甘い熱を、勢いよく注入されるような気がする。

下腹部に溜まって、次第に膨《ふく》らんでいくそれ。外へと放ちたい、という衝動に駆られた。

「ああ、はっ、はぁっ……」

下腹部の熱がじわじわと頭にまで広がって、意識がぼんやりとしてくる。

気付けば、葵士は自分からも航の動きに合わせて腰を揺らすことで、より強い悦びを追い求めていた。

「はぁ、ふ……あぁ。あ、気持ち……い」

息が弾み、口を閉じていることもできなくなる。

仔虎たちがそばで寝ているからと、これまでこらえていた恥ずかしい喘ぎ声も、自然と途切《とぎ》れなく口から漏れるようになった。

「気持ちいいよ、航っ……。航のこと、もっと欲し、いっ……」

敷布に手をついたまま、顔を後ろに向けてねだる。

「もっと、もっと、航っ……！」

「葵士っ」

「あぁ、あ～っ……」

こらえきれないというように航の腰の動きが激しくなり、葵士は膝を震わせてその場に崩れ落ちた。航が葵士の背中を抱き、上から重なるようにして敷布に蹲《うずくま》る。

敷布に、膝と、腕の肘から下をついて丸くなり、二人で重なって蹲るような格好で――。航に背後から抱かれた葵士は、彼の腰を波打たせるような動きとともに、筋の浮いた屹立した雄を身体の奥まで突き込まれた。

「ん、あぁ、あ、はぁっ……」

航の汗に濡れた胸から腹にかけてが葵士の背中に当たるたび、航のものを受け入れている窄まりの内側から、じわっ、じわっ、と痺れのような快感が手足の先まで広がる。

熱く敏感になった全身は、もうそれに耐えられない。

愛と欲望がごちゃ混ぜになったものに頭からすっぽりと呑み込まれて、すぐにも絶頂を迎えそうな予感がする。

葵士は、小さな子供のようにイヤイヤと頭を横に振った。

「あ、出ちゃうっ……」

中心から放出したいということしか考えられず、内側で航の雄をギュッと締めつける。

「出ちゃうよ、航っ……！」

「俺もだ、葵士っ……」

葵士の背中にぴったりと広い胸を重ねた航が、息を荒らげ、腰をいっそう大きく突き上げた。

「葵士……葵士、葵士っ、愛しているっ！」

「僕……も、愛して……る、愛しているよ、航っ……あああぁっ――」

太く硬い雄がこれまでで一番深い箇所に当たり、葵士は息を止めて中心を弾けさせる。

「葵士っ――――!」

ビクビクッと痙攣《けいれん》するように腰を何度も震わせた葵士を、航は強くその胸に抱いて――。

彼も葵士から少しだけ遅れて、葵士の身体の奥深くに、熱く濃い精液を迸《ほとばし》らせた。


激しい性交のあと、深い眠りに就き――。

真夜中に、寝台の上で肩を揺らされて、葵士は目覚めた。

眠い目を開けると、月明かりだけの薄暗さの中で、白くぼんやりしたものが視界いっぱいに見える。それが仔虎姿の皇女二人だと気付き、瞬きをして身を起こした。

「どうしたの、二人とも……?」

その声で、隣に寝ていた航も目を覚ます。

「どうした?」

寝台に座った航と葵士を見上げて、白い仔虎二頭が必死に鳴いた。

「きゅう、きゅうう、きゅう! (陽ちゃんがお空《そら》にいるのっ!)」

「きゅ、きゅっ! (大変、大変っ!)」

彼女らの虎の言葉を、航が通訳してくれた。

「……？　陽が、『空』にいるそうだ」

「空……？　夕花、月花、なに言っているの……？」

寝惚けているのだろうかと思った葵士だったが、仔虎たちはさらに大声で訴えかけてくる。

「きゅうう、きゅっ！（お外、お外っ！）」

「今度は、二人揃って『外だ』と言っている」

「ええ？」

葵士は、まさか、と周りを見回した。寝台の上に、皇女二人といっしょに寝ていたはずの陽の姿がないのに気付き、サッと血の気が引く。

「あ、あれっ？　そういえば、陽がいないっ……？」

「きゅう、きゅうっ！」

「きゅっ！」

仔虎二頭は寝台の端へ走っていって振り返り、早く来て！　と急かしているように見える。

航もただ事ではないと感じてか、すっと頬を強張らせた。

「葵士、とにかく外へ出てみよう」

「う、うんっ」

葵士は急いで航とともに夜着を身につけ、寝室の窓扉から外へ出る。

高く昇った月が明るく、幸いなことに真夜中でもかなり視界が利いた。軒先まで行って庭に立ち、夜空を仰ぐ。

「『空にいる』って言っていたらしいけど、どういうこと？　いったいどこに……」

息を詰めてぐるりと視線を泳がせた葵士は、次の瞬間、鋭い声を上げた。

「あっ、陽っ？」

三階建ての正宮。そこの葵士たちが眠っていた寝室の、ちょうど真上にあたる瓦《かわら》屋根。

そこを、白い仔虎が一頭歩いていた。

重なる瓦の上を、四本の短い脚でフラフラと進んでいく。どこかに行くという目的があるわけではなさそうだ。時々、身体が大きくフラついて瓦屋根から落ちそうになっては、また体勢を立て直し、何事もなかったかのように歩き出す。

陽の紫色の瞳は夜空の月を見上げ、表情はぼんやりとしていた。

「っ……？　様子が変だよ、フラフラしているっ？」

葵士の足元で、追いかけてきた仔虎二頭が立ち止まり、きゅうきゅう、と大声で鳴く。

彼女たちの訴えを、隣に立つ航が訳してくれた。

「皇女たちによると……夜中に三頭とも、目が覚めてしまって……。それで、居間の方へ遊びに行ったそうだ。そうしたら、陽が酒饅頭を見つけて、二つ食べたとか」

「えっ？」

「お前に食べてはいけないと言われていたこともあって、皇女たちは止めたが……陽は、平気だ、と言って食べてしまったらしい。だが、結果はこれで……」

「じゃ、じゃあ、酒饅頭を食べて酔っぱらった、ってことっ……?」

信じられなかったが、そうであれば陽の様子がおかしいのも説明がつく。

(大人なら、酒饅頭の中のお酒なんてそんなに影響はないけど……。子供だから、少しのお酒でも酔っぱらって……あんなふうになっている、ってことっ……?)

ハラハラして二階の瓦屋根を見上げていた葵士の隣で、航が感心したように頷いた。

「むう……。あんなに小さな仔虎のうちから、酒好きとは……。これは、将来、陽と酒を酌《く》み交わすのが、ますます楽しみになったな」

「っ!? なにを呑気《のんき》なことを言っているのっ!?」

葵士は航の方をクルリと向き、そんな場合じゃない！　と抗議する。

「なんとかしないとっ……!!　屋根から落ちたら、陽は死んじゃうよっ!!　酔っぱらっているみたいで、今にも足を滑らせそうだしっ!!　ほら、見てよっ……!!」

「む……」

焦った早口で言った葵士の前で、航は静かに屋根の上を見上げた。

白い仔虎の陽はフラフラとおぼつかない足取りで、屋根の上を右に行ったり左に行ったりしている。今にも転がり落ちそうで危なっかしく、葵士は気が気ではなかった。

「確かに危ないな……。うむ、よし、任せておけ！」

陽の様子を見ていた航が、突然、腰帯をするりと解いて夜着をその場に脱ぎ落とす。

そして、彼は葵士と仔虎二頭の目の前で、みるみるその姿を大きな白虎へと変えていった。

庭に現れた、逞しい四本の脚でしっかりと地面を踏んで立つ白虎。

鋭い目は、人間の姿のときと同じ、深い紫色をしている。ゆらゆらと揺れる黒い縞模様のついた長い尻尾と大きな牙が、獣の王者としての風格を感じさせる。全身を覆う白い獣毛に月明かりが反射し、硝子《ガラス》の粉をまぶしたようにキラキラと神々《こうごう》しく輝いていた。

航の変化した白虎は、息を吞むほど美しい。

「グルッ！」

大きな白虎は、葵士の方を見て一鳴きしたかと思うと、後ろ脚で地面を蹴って高く跳躍《ちょうやく》し、そのしなやかな巨体を空中に躍らせた。

猫が納屋の屋根にでも駆け上がるかのように、軽々と屋根の上に上る。

航が変化した虎は、体勢も崩さずスタッと屋根に着地すると、白い仔虎の方へ向かった。

すぐに仔虎の陽をその大きな口にしっかりと咥《くわ》えて捕まえ、屋根に上ったときと同じ身軽さで、葵士たちの前にふわっと跳び降りてきた。

「陽っ！」

大虎の口からポトリと地面に置かれた仔虎の方へ、葵士は急いで駆け寄る。

仔虎を素早く抱き上げ、胸にしっかりと抱いた。

「陽、どこも怪我はないっ？」

丸っこい全身を見回して、傷がないことを確認した。安心したが、さらに問いかける。

「身体はどこも辛くないのっ？　息苦しくないっ？　酒饅頭に入っていたお酒はそんなに強いものじゃないけど、陽はまだ小さいから心配だよっ……」

「大丈夫のようだぞ、葵士」

白虎から人間の姿に戻った航が、夜着を身につけて腰帯を結びながら近づいてきた。

彼は葵士の胸に抱かれている白い仔虎の頭を、そっと撫でる。

「見たところ、それほど酔っているふうでもなさそうだ。ふむ……酒が入って、少し気分がよくなった、といった程度か。……まあ、突拍子もないことをするのは、幼い子供の特権だからな。だから……陽よ、これからも思う存分、冒険すればいい」

航はにこりと仔虎に微笑みかけたあと、しかし、一転して真面目な顔になった。

「だが、葵士がダメだと言ったのに、酒饅頭を食べたのはよくなかったな。それに、なによりも、こうして葵士を心配させたのが一番いけない。もう、夜中に屋根に上るなどといった危ないことを、一人でやってはいけないぞ」

「きゅう……」

「今度から、屋根に上りたくなったときは、この父に言え。親子でいっしょに上ろう」

「ちょ、ちょっと、航っ……！」

葵士は眉を寄せたが、航は笑いながら、足元にいた仔虎二頭を抱き上げる。

「さあ、中に入ろう。もう、子供はとっくに寝ていなければならない時間だからな」

「あ、待ってよ、航……もうっ！」

葵士は仔虎の陽をしっかりと抱いたまま、寝室の窓扉の方へ向かう航のあとを追った。

三頭を寝台に寝かしつけてから、航とともに居間へ向かう。

いつも食事のときに使っている六人掛けの卓台に、二人で角を挟んで座った。卓台の上に用意されていた美しい硝子の瓶入りの水を、二人分の杯に注ぐ。

水を一口飲んでようやく落ち着いた気分になり、葵士は肩で長い息を吐いた。

「う〜ん、はあ〜っ……」

「どうした？　また、ため息が戻ってしまったな」

微笑んだ航が水を飲み、杯を卓台に置く。

葵士は困った気持ちのままに頷いた。

「うん……実は、仔虎たちにあげようと思っていた、誕生日のお祝いの品だけど。せっかくいいものが見つかったんだけど、やっぱり、贈るのはやめようかと思って……」

「やめる？　どうしてだ？」

「だって、陽がお酒好きだったら、ちょっと心配だから。さっき、あんなことにもなったし」

「心配……？」

どういうことか分からない、という目で見つめてくる航に、葵士はすべてを話すことにする。

「実は……仔虎たちに、お酒を贈ろうと思っていたんだ」

だから、兄の柊世に手紙を送って、来月一日に行われる誕生会に来るときに、実家のお酒を持ってきてくれるように頼もう、と考えていた。

「実家の蔵元で今年できたお酒を、仔虎たちにあげようと思って……。と言っても、今すぐに飲ませるわけじゃないよ。この皇城の庭に埋めておいて、あの子たちが大人になったら飲んでもらうようにしよう、って考えていたんだ」

「二十年後くらいに土から掘り返す、ということか？」

瞬きをして問いかけてくる航に、葵士は、うん、と頷く。

「昨夜寝る前に、仔虎たちが生まれたときに前皇帝様たちが植えてくれた、桃の木の話をしたよね。あのときに、僕も仔虎たちへの贈り物は、大人になったときに、僕と航の愛情を感じてくれるようなものがいいなって思って……。それで、お酒を埋めることを思いついたんだ」

「それは……素晴らしいじゃないか。いいことを思いついたな」

航は目を細めて褒めてくれたが、葵士はなんとなく心配だった。

「でも、陽がお酒好きだったら、途中で掘り返したりしないかな？　万が一、さっきみたいなことに……ううん、それ以上に危ないことになったら、と思うと心配で……」

「陽は酒が飲みたかったのではなく、酒饅頭というものを食べてみたかっただけだと思うぞ」

航はわずかに苦笑し、大丈夫だ、というように頷いた。

「酒は子供の舌には、辛《から》くて苦過ぎるものだろう。万が一、掘り返したとしても、好んでたくさん飲んでしまうとは考えにくいしな」

「そうかな？　うん……そうかも」

「それに、俺にとっても、その酒は最高の贈り物になる。将来、陽や夕花、月花といっしょに酒が飲めるなんて……それまで家族で過ごした楽しかった日々を思い出しながら、子供たちと二十年間寝かせていた酒を飲めるなんて、本当に最高だと思う」

航は遠い将来のそのときのことを想像しているのか、うっとりと目を細める。

「葵士、ぜひ、仔虎たちに酒を贈ってやってくれ」

「航……」

熱っぽく語る航の言葉で、それまでの心配もすっと消え去った。

葵士は微笑んで頷く。

「うん……。そうだね、それじゃ……明日、早速、お兄ちゃんに手紙を書くよ」

「そうしてくれ」

航は満足そうに微笑み、また一口、硝子の杯に入った水を飲んだ。

「これで、可愛い仔虎たちの成長という他に、もう一つ将来の楽しみが増えたな。二十年後に……いや、そうだな、酒を掘り返して飲むのは、三人が結婚したときでもいいな」

「結婚……。三人とも、どんな人と結婚するのかな?」

「それは正確には分からないが……お前のような素晴らしい相手とであることは間違いない。子供は親の姿を見て育つからな。俺がお前と結婚して誰よりも幸せそうにしているのを見て、仔虎たちは、自分もお前のような相手と結婚したい、と願うようになるだろう」

「そんな……」

甘い言葉に葵士が照れていると、卓台の上に置いていた手に航の手がそっと重なる。

「葵士……。あの子たちが成人するまでも、それからもずっと……仲良くやっていこう」

「航……うん、もちろんだよ」

葵士はやさしさに溢れた航の瞳を見つめ返し、ありったけの愛情を込めて微笑んだ。


そして、次の月の一日――。

仔虎三頭のための盛大な誕生会が開かれたその日の夕方、葵士と航は仔虎たちとともに庭に出て、三個の酒入りの甕《かめ》を無事に土の中に埋めたのだった。

果胡ちゃんのお願い

果胡《かこ》との『約束の日』は、冬のはじめにやってきた。

大国の北部に位置する都の皇城に、今年初めての雪が降ったその日――。

昼少し前の曇った空からチラチラと小さな雪が舞い落ちてくる中、囲方《いほう》は白い息を吐きながら、正宮の中庭に沿って、屋根付きの外廊下を歩いていた。

行先は、皇妹の果胡の部屋だ。

現皇帝・航《こう》の末の妹である果胡の部屋は、正宮内の最も奥まったところにある。

航の側近《そっきん》として働く囲方は正宮内に部屋を与えられているが、その部屋から果胡の部屋までは、二つの中庭と十五ほどの部屋を通り過ぎなければ辿り着けない。

外廊下を渡りきってさらに部屋の扉を三つ行き過ぎた先に、果胡の部屋の扉が現れた。

囲方は扉の前に立ち、ゴホンと一つ咳払いをする。

濃紺の着物の腰帯をきっちりと締め、腰に長剣を差している囲方は、二十八歳。

黒い短髪で、整った精悍《せいかん》な顔立ちをしている。目に迫力があり、他人の前で意識して『愛想よく笑おう』などと思ったことがないため、硬い表情が定番となっている。

真面目というより堅物《かたぶつ》。いかにも武闘派で男らしい外見の囲方は、正宮で働く侍女たちの大半から、熱い眼差《まなざ》しを向けられている。その一方、一部の侍女たちからは、その気難しそうな印象ゆえに敬遠されてもいる。

囲方は彼の容姿に似合う、低く硬い声で名乗った。

「果胡様、囲方です」

拳《こぶし》で重厚な扉をコンコン、と軽く打つ。

するとすぐに、部屋の中でなにかが動くような気配がした。しばらくすると、囲方の前を塞いでいる扉の足元の方で、カリカリ、と小さな音が立つ。

木の扉を、爪のようなものでカリカリ、カリカリ、と引っ掻く音。

扉の向こうからだからあまり鮮明ではないが、きゅ～っ、きゅ～っ、という高い鳴き声のようなものも聞こえてきた。まるで、必死に、ここを開けて！　と言っているかのようだ。

それに続けて、中年の侍女のあわてた声がした。

「果胡様、今すぐにお開けしますっ。お待ちくださいっ」

ガチャリと音がして、扉が向こう側から勢いよく開かれる。

開いた扉の隙間から飛び出てきた白い猫のような動物が、タッと後ろ脚で床を蹴った。

その白い四本脚の動物は――仔虎姿の果胡は、驚くほどの跳躍《ちょうやく》力で跳び上がり、囲方の広い胸に抱きついてくる。

「きゅうう～っ（囲方～っ）！」

仔虎は囲方の着物を傷めないよう、鋭い前脚の爪を出していない。

囲方は彼女の勢いに押されて後ろに倒れそうになりながらも、胸から滑り落ちかけた仔虎をとっさに両腕で抱きかかえた。

「かっ、果胡様っ？　大丈夫ですかっ？」

「きゅうう～っ、きゅうぅっ！」

紫色の丸い瞳をキラキラと輝かせ、果胡は、大丈夫！　と答えているかのようだ。

仔虎の果胡はその頬を、スリスリと囲方の胸に擦りつけてくる。こうして訪問すると毎度のことだが、全身で甘えかかって大歓迎してくれる。

首や喉元にも獣のふわふわとした白い毛が当たり、囲方は思わずギュッと抱きしめた。

（ああああああ、なんて可愛らしいっ……）

果胡は前皇帝の末娘として、皇家に伝わる虎の血を受け継いでいる。

そのため普段は、今のように、三頭身の白い仔虎姿で過ごすことが多い。

ふわふわの白い全身は、太い尻尾の先にまで黒い縞模様が入っている。耳は丸く、顔型も丸く、父親の前皇帝と同じ紫色の瞳は、くりくりとしていてとても愛らしい。

まだ三歳のため四本の脚は短く、その腹も腰回りも全体的にぽってりとしている。

幼い表情はあどけなく、囲方を心から信頼しているといった微笑みで見上げてきて――そこがまた、自他ともに認める『仔虎好き』の囲方には、たまらない。

（果胡様は、なんて可愛らしいんだ！　押したら潰れそうな、このふにゃふにゃとした身体の感触っ……毛のやわらかさ、尻尾のチョロチョロとした動きっ……。まったく、仔虎というのはなにもかもが完璧で、最高としか言いようがないっ……！）

囲方は子供の頃から、皇家に生まれた仔虎たちの世話をずっとしてきた。

六歳のときに、一歳年下の現皇帝である航の側近候補となり、ともに学び、遊んで。

その頃から皇家の仔虎たちと触れ合い、いわゆる『仔虎好き』となっていった。

航の弟妹が生まれるたびに、時間のあるときには、小さくて愛らしい彼らを可愛がり、いっしょに遊んで過ごしていた。

さらには、五ヶ月前に航に初めての仔虎が――次期皇帝の陽《よう》を含む三つ子が生まれてからは、囲方は航の側近としての仕事の傍《かたわ》ら、その仔虎たちの世話をしている。

囲方はとにかく、仔虎という生き物が可愛く思えて仕方がない。

陰で他人から『病的』『異常』と呆《あき》れられても、本人はまったく気にしていない。

仔虎は可愛いのだから、可愛いと思って当たり前だ。囲方からすれば、むしろ仔虎の可愛さが分からない者たちの方がよほど『異常』だと思う。

もちろん、囲方は皇妹の果胡のことも、生まれたときから猫可愛がりしている。

果胡は仔虎姿のときのちんまりとした容姿はもちろん、仕草《しぐさ》や表情まで、囲方にとって見ているだけでうっとりするくらいに可愛らしい。

果胡と過ごす時間の中でも、こうして部屋で出迎えられるときが一番好きだ。

なにしろ、果胡は全身で歓迎の意を表してくれる。

自分は仔虎を愛しているし、仔虎からも愛されている――。そう感じることで、囲方の胸は、何物にも代えがたい深い充足感で満たされるのだ。

（特に、小さな仔虎姿のときに、先ほどのように一生懸命、カリカリと扉を引っ掻くのがたまらない。可愛らしいこと、この上ないではないか……）

今日の『約束』というのは、昼少し前から果胡の部屋でいっしょにお茶を飲むことだ。

昨日、果胡の侍女の一人がやってきて、お茶の誘いを伝えられた。

前々から考えていた果胡の『三つの願い』がようやく決まったから、お茶を飲みながらそれを囲方に告げたい、とのことだった。

果胡の言う『三つの願い』とは、囲方が叶える約束になっているものだ。

というのも、今を遡《さかのぼ》ること八ヶ月前――。

果胡の長兄の航と、今はその妃となった葵士《きし》が、都の外れにある桃源山《とうげんさん》で山賊に襲われるという事件が起こった。

そのときに、果胡は、いったんは葵士とともに山賊たちに囚《とら》われたが、助けに現れた航と葵士の手によって逃がされた。果胡はすぐに仔虎姿のままで山を走り、近くの山中で葵士と果胡を捜索していた囲方のところまで、二人の危機を知らせに来た。

駆けつけた囲方が航に協力し、吊り橋から落ちそうになっていた葵士をいっしょに引き上げた。

果胡のおかげで、今の皇后である葵士は命が助かったようなものなのだ。

その事件のときの果胡の勇気を讃《たた》え、礼も兼ねて、航が『三つの願い』を叶えると言った。

なんでもいいから願いを三つ、言ってみろ、と航から言われて――。

果胡は、だったら兄の航ではなく、囲方に願いを叶えて欲しい、と申し出たらしい。

そのため、すぐに航から囲方に打診が来た。

妹の果胡がそのように言っているのだが、お前が自分に代わって、果胡から三つの願いを聞いてそれを叶えてやってくれないか、と。

囲方は、自分に実現可能なことでしたら喜んで、と答えた。

果胡がじっくりと時間をかけて『三つの願い』を決めたいと言ったので、囲方はしばらく待つことにした。その後、航と葵士の結婚や、三つ子の仔虎誕生など、囲方にとって忙しい時期が続いた。果胡からも『三つの願い』が決まったという知らせがないまま、慌ただしく過ごしているうちに、ずいぶんと長い間、その件については手付かずになっていたが――。

昨日ようやく、果胡から『決まった』との連絡が来たというわけだ。

今朝、その件を話すと、主人の航は、自分の側近としての仕事については気にせずに、昼少し前になったら果胡とお茶を飲んだらいい、と言ってくれた。

午前中の政務を終えたあと、昼過ぎには、航も果胡を訪ねるという。

妻で皇后の葵士もいっしょに、果胡と昼食をとる約束になっているそうだ。囲方が果胡と過ごせるのは、二人が来るまでということになる。

「囲方様、あの……」

扉の内側に立っている中年の侍女が、オロオロとした様子で声を掛けてきた。

「果胡様は、お召し物をどれになさるかで迷われていて……。それで、まだお着替えを終えておられないのです。もうお約束のお時間になってしまいましたのに、申し訳ありません」

「いや、構わない」

果胡付きの侍女は五人いる。この侍女はその中の長で、囲方もよく知っている。

まるで自分の落ち度のように深く頭を下げる侍女の前を通り過ぎ、囲方は優美な意匠《いしょう》の調度品で揃えられている居間に入った。

そして、そこで、胸に抱いている白い仔虎姿の果胡に、真剣な面持ちで言う。

「果胡様……。私は、果胡様が着物など着ずに、この可愛らしい仔虎姿のままでいてくださった方が、むしろうれしい……いえ、仔虎姿のままでいてくださって構わないのですが……？」

「きゅっ、きゅうっ！　きゅううっ！」

小さな仔虎は、ブンブン、と必死に首を横に振った。それはダメ、と言っているようだ。

しかし、果胡は普段、囲方といっしょに散歩するときなども、圧倒的に『仔虎姿』でいることの方が多いのだが……。

「仔虎姿ではダメなのですか？　なぜです？　三つの願いについては、紙に書かれたとのことでしたから……人間の言葉が話せなくても、構わないのではないですか……？」

囲方が訝《いぶか》しむと、果胡の代わりに中年の侍女が答えた。

「実は……つい先日、前皇帝夫妻様が、新しいお着物を五着ほど作ってくださったのです。果胡様は、その中からどれを着て囲方様をお迎えするか、とても迷われておいででした」

「……」

「一番似合うものはどれか、と悩まれていたのです。それで、やっと先ほど、今日お召しになるお着物が決まったところなのです」

「なるほど……」

囲方は結婚もしておらず、姉妹もいない。女性から言い寄られることは多々あるが、恋人と呼べるような相手の女性もいない。そんな囲方は、女性の心理を深く理解しているとはいえないが、一般的に女性が衣服や装飾品にこだわる傾向があることは知っている。

自分が少しでも美しく、少しでも可愛らしく見える着物を身につけたい、と思うのは、まだ幼い果胡も同じなのだろう。

囲方は胸に抱いた仔虎の果胡に、真面目な顔のまま頷いてみせる。

「そうだったのですか……。ですが、お召しになるお着物はすでにお決まりになったのですよね？ それでは……どうぞ、ごゆっくりと着替えていらしてください。……私はその間に、この居間へお茶を運ばせておきますので……」

「きゅっ……！」

うん！ と笑顔で頷いた仔虎の果胡を、囲方は中年の侍女に手渡した。

果胡を抱いた彼女と、若い侍女一人が寝室の方へ消えていき、広い居間にはもう一人の若い侍女と囲方だけになる。

囲方はその若い侍女に、厨房《ちゅうぼう》へ行くように命じた。

「お前たちがお茶を淹《い》れるためのお湯といっしょに、私が頼んでおいたものも運んでくるように、厨房の者に言ってくれ」

「囲方様がお頼みになったもの……ですか？」

「ああそうだ。行ってそう言えば、分かるようになっている」

「は、はい。承知いたしました」

若い侍女が一礼して部屋を出て行き、しばらくすると厨房の男一人とともに戻ってきた。

厨房の男は、台車を押して居間に入ってくる。その上には、熱々のお湯が入った鉄瓶と、囲方が頼んだ『あるもの』が載っていた。

六人掛けの卓台の上に、男と侍女が、二人分のお茶の用意を整えていった。

囲方が頼んでおいた『あるもの』は、湯呑《ゆのみ》に似た形の、しかしそれよりも少し大きめの蓋《ふた》付きの陶器に入っている。その中身はまだとても熱いらしく、厨房から来た男が慎重に木製の薄い台座部分を持って、台車から卓台の上へと移動させた。

二つのそれらを、果胡の席と囲方の席の前に、それぞれ一つずつ置く。

「それでは、私はこれで失礼いたします」

「うむ……」

囲方が重々しく頷くと、男が鉄瓶の載った台車を卓台のそばに寄せ、部屋を出て行った。お茶を淹れ終えた侍女も居間の隅の方へ寄り、壁の前に立ってそこに控える。

囲方はお茶の用意がすっかり整った卓台の上と、美しい陶器の壺《つぼ》や生花で飾られた居間の中をぐるりと見回してから、奥にある寝室の方へ目を遣《や》った。

先ほどから、そちらの扉の中は静かだ。果胡の着替えが終わったのだろう。

囲方は小さく、ふう、と息を吐いた。

(さてと、お茶の準備も万全だ……。とうとう、果胡様の、例の『三つの願い』を聞くときが来たのだな……)

囲方としても、以前の事件で活躍した果胡に、感心し、心から感謝している。だから、航に命じられるまでもなく、彼女の願いならなんでも叶えてやりたいと思っているのだ。

なによりも、皇帝の航が今とても幸せなのも、果胡のおかげだ。果胡の活躍があったから、彼の妻の葵士が今も生きているのだから――。

果胡たち十一人兄弟の長兄である航は、例の山賊たちに襲われた事件のあと、庶民出身の葵士と皇城でいっしょに暮らし始めた。その後、三ヶ月ほどで三つ子が生まれ、航と葵士はこの秋には結婚式を挙げ、正式な夫婦となっている。

二人の間にできた三つ子は、もう五ヶ月になった。健康にすくすくと成長している。

皇城にとって――いや、この国にとってとても大切な、皇帝の跡継ぎとなる次期皇帝の陽が生まれてくれたのも、以前の、果胡の活躍があってのことなのだ。

そう思えば、彼女の労に報いたいと思って当然だろう。

(私が果胡様の『願い』を叶えれば、航様もお喜びになってくださるだろうし……)

囲方が、うんうんと心の中で頷いていると、寝室の扉が開いた。

最初に中年の侍女、続けて若い侍女が出てきて、最後に人間の姿に戻った果胡が出てくる。

まだ三歳の小さな果胡は、可愛らしい桃色の着物を身につけていた。赤と白の花模様が華やかだ。結《ゆ》い上げた黒髪につけた髪飾りも着物とお揃いなのか、同じ模様の布で作られている。

果胡はちょっと照れ臭そうな笑みを浮かべて、囲方の方へ走り寄ってきた。

「囲方っ……！」

「果胡様」

囲方は卓台のそばで絨毯《じゅうたん》に膝をつき、胸に飛び込んできた果胡を抱き上げる。

そのまま立ち上がり、彼女の着物をまじまじと見下ろした。

「こちらが、前皇帝夫妻様からいただいたお着物のうちの一着ですか？　愛らしい桃色の地と赤白の花模様が、よくお似合いです。……やはり、嵩様と里久様は、ご息女の果胡様にお似合いになる色や柄といったものを、よくご存知でいらっしゃいますね」

「うん……！　他の着物も、とっても可愛いの……！」

紫色の瞳をにっこりと細めた果胡に、囲方は真面目な顔で頷く。

「他の着物は、また今度ゆっくりと拝見させていただきます」

「本当？　ぜったいに見てくれる？」

「はい。もちろんです」

囲方が頷くと、果胡はますますうれしそうに笑って早口になった。

「あのね、あのねっ……。果胡はね、いつでも囲方に会いたいと思っているけど……でも、父上と母上が、囲方は航兄様の側近のお仕事で忙しくしているから、あんまりいっしょに遊んでもらったらダメだって言うの……。だから、果胡は囲方に会いたくても、いつも我慢しているの。でも、囲方は他の着物を見るために、またすぐここに来てくれるよね……？」

「ええ。果胡様がお望みであれば、近いうちに」

「あのね、じゃあ……やっぱり、囲方のお仕事の邪魔はしたくないから、囲方の方からここに来られる日を教えて。果胡はいつでもいいから……ねっ？」

「承知いたしました……。後日、果胡様の侍女に言付《ことづ》けるようにいたします」

囲方と果胡の会話を、侍女たち三人がそばに控えて聞いていた。

果胡を胸に抱っこしたまま、囲方は彼女たちの方を見る。

「あとは私が。用事があれば呼ぶ」

「はい。それでは……」

三人が一礼をしたあと連れ立って部屋を出て行き、居間には囲方と果胡だけになった。

囲方は六人掛けの卓台の短辺にある椅子を引き、その上に、果胡をそっと座らせる。

「さあ、こちらにどうぞ」

囲方自身は、果胡のすぐ隣に――卓台の角を挟んだ隣の席に、腰を下ろした。

果胡は幼児用に作られた、大人用の椅子よりも座面が高い椅子に座っている。彼女はそこから身を乗り出し、自分の前に置かれた、蓋付きの湯呑に似た陶器を瞬きしながら見つめた。

「囲方、これは……?」

「どうぞ、開けてみてください。まだ熱いかもしれませんので、気をつけて」

囲方が促すと、果胡はワクワクした顔でそっと、丸い突起になった蓋の上の持ち手をつかむ。

蓋を開けた瞬間、パッと明るい笑顔になった。

「あっ、お汁粉《しるこ》だっ!」

うれしそうに笑い、蓋を陶器の横に置く。

「わ~、熱々で美味《おい》しそうっ♪」

「今日は冷え込みましたからね。さ、召し上がって、温まってください」

「うんっ」

果胡は陶器に添えられていた木匙を手にし、お汁粉を掬《すく》った。一口食べて、その頬が緩む。

「甘くて美味しい~っ!」

頬っぺたが落ちそう、とばかりに微笑み、さらに掬《すく》って食べ続けた。

「白玉《しらたま》に、赤いお花模様がついている。これ、可愛い～」

「料理長に頼んで、私が特別に作らせました。果胡様のために」

囲方が得意げに言うと、果胡は感心したように目を瞠《みは》る。

「そうなの？」

「皇妹であられる果胡様には、このように可愛らしいお汁粉が似合うかと思いまして……」

「囲方、ありがとう。囲方も早く食べて。いっしょに食べると、倍くらい美味しくなるから」

「はい……では」

囲方も木匙を持ち、陶器の蓋を開けて食べ始めた。

果胡はしばらくニコニコと笑いながら、夢中でお汁粉を口に運んでいたが、残り少しになったところで、ふと手を止める。

「でも、囲方……どうして、果胡がお汁粉を食べたいって分かったの？」

紫色の大きな丸い瞳で、囲方をしげしげと見つめてきた。

「果胡はただ、囲方に叶えてもらう『三つのお願い』が決まったから、今日はここでいっしょにお茶を飲みたいって言っただけなのに……」

「私には、果胡様のことはなんでも分かります」

囲方は木匙を陶器の薄い木の台座に置き、真剣な顔で頷いてみせる。

「果胡様のことは、生まれたときから存じ上げていますから。果胡様が、甘い物が大変お好きだということも、よく知っておりますよ。中でも、お汁粉が……」

「うん」

果胡は木匙を手にしたまま、しっかりと頷く。

「葵士様が作ってくれる桃饅頭も、大好きなんだけど……でも、一番好きなのはお汁粉！　小豆《あずき》の甘さがいいし、白玉のモチモチしているところも好き」

「果胡様は、いつも美味しそうにお汁粉をお召し上がりになりますよね。とてもよい食べっぷりで、見ていて大変気持ちがいいです」

「本当？」

囲方がまた深く頷くと、果胡は、はにかむように微笑んだ。

「えへへ……だから、果胡は、囲方のことが大好き！　囲方と違って、航兄様は、たまに、果胡に『お菓子を食べ過ぎだ』って言うの」

「そのようなことを、航様が……？」

「うん。果胡が父上からいただいた豆大福を、五ついっぺんに食べたときとか」

「五つは普通でしょう」

囲方は即座にきっぱりと言う。

「航様のおっしゃることは気になさらなくていいと思います」

「そう？　そうだよね……？」

果胡は自分を肯定《こうてい》されたことにうれしそうに頷き、またお汁粉を食べ始めた。

そばに航がいたら、きっと彼は囲方に向かって『お前は仔虎に甘過ぎる！』と悲鳴を上げただろう。だが、今はそばにいないからいい――。

囲方は心の中でそう思った。

仔虎のすることは基本的にすべて認める。命に関わるような危険なことでもしない限り、囲方は叱ったり、仔虎の行動を制限したりするつもりはない。

（それに、なんだかんだ言って、航様も末の妹の果胡様には、ベタ甘なのだから……）

果胡が美味《うま》そうにお汁粉を食べるのを、囲方は満足した気持ちで見つめていた。

彼女がすべて食べ終えたところで、おもむろに切り出す。

「ところで、果胡様。例のものは……」

「あっ、そうだ……！　ちょっと待ってね」

果胡は木匙を置き、着物の胸元に手を入れてゴソゴソと探った。

四つ折りにされた小さな紙を取り出し、自分の胸の前で、大事そうに両手で持つ。

「これ……。航兄様から言われた『三つのお願い』を書いたよ」

「はい」

「あのね、それで……ここに書いてある一つ目のお願いは、お汁粉だったの。囲方といっしょに、大好きなお汁粉を食べたかったから……」

幼い果胡は、囲方をチラッと甘えるように見上げた。

「でも、もう囲方とお汁粉は、こうして食べちゃったけど……。また近いうちに、いっしょに食べてくれる？　さっき言っていた、他の着物を見に来てくれたときに……いい？」

「もちろんです」

「よかった、うれしいっ！」

神妙に頷いた囲方を見て、果胡がホッと表情を緩ませる。

果胡の願いの一つが、おそらく『お汁粉』であろうことは、囲方には分かっていた。だからこうして先回りして、その願いを叶えてみせたのだ。

自分の予想が当たっていたことで、また深い充足感で胸が満たされた。

そしてまだ三歳の果胡の思考が、可愛くてたまらなくなる。

（果胡様は、まだまだ幼い。皇妹様という高い御身分であられるのに、願いが『お汁粉』なんて、とんでもない愛らしさだ……）

微笑ましい気分で見つめていると、果胡が笑顔のままで言う。

「それで……それでね、二つ目のお願いは……」

果胡は言いかけている途中で、ハッとしたように口を噤《つぐ》んだ。

黙って静かに聞いていた囲方を、おずおずと上目遣いに見つめてくる。

「もしかして、囲方、それも分かる……？」

「ええ」

囲方は自信たっぷりに頷いた。

「当ててみせましょう。……どうぞ」

言いながら自分の着物の懐《ふところ》に手を入れ、そこから赤い布包みを取り出した。手のひらにちょうど収まるくらいの大きさのそれを、果胡の前へすっと差し出す。

紙を卓台の上に置いた果胡が、両手で受け取った。

「開けてみてください」

果胡は急いで、起毛の上等な赤い布を捲っていく。

中に入っていた、たっぷりとした幾重ものレース付きのリボン。それは、昨日、囲方がお茶の誘いを受けてからすぐに、街へ行って買い求めてきたものだ。

「可愛い！　桃色のリボン！　こんなのが欲しかったの……！」

果胡は喜びの声を上げ、すぐにそれまでつけていた髪飾りを外し、代わりに囲方が贈ったばかりのそのリボンを自分の髪につけてみせた。

「囲方、どう？」

「よくお似合いです」

「本当？」

「ええ、とても」

桃色の西洋風のリボンは、果胡の可愛らしさを二十倍増しに見せている。やはり自分の見立てに間違いはなかったと、囲方は満足げに頷いた。

果胡はさらに訊《き》いてくる。

「このリボンをつけていると、果胡、いつもより可愛く見える？」

「果胡様は、リボンをつけておられなくても、充分に可愛らしいです。もちろん、仔虎姿のときの方が可愛いとは思いま……い、いえいえ、果胡様は今のそのお姿で、とても可愛らしいです。その桃色のリボンを髪につけておられると、もちろん、果胡様の可愛らしさが何倍にも増して見えます。それほどよくお似合いです」

「ありがとうっ！　果胡、これ、大事にするねっ……！」

果胡から満面の笑みで見つめられると、囲方は少し照れ臭くなり、軽く咳払いをした。

これで、果胡の『三つの願い』のうち二つは叶えられた。果胡の可愛らしいお願いは、あと一つだけということになるが……。

「囲方、じゃあ……果胡の、三つ目のお願いはなにか分かる？」

果胡は、先ほど自分が卓台の上に置いた四つ折りの紙を、再び手にした。

「この紙に、果胡が書いたけど……」

「いいえ。実は……それは、さすがに分かりませんでした」

囲方は正直に答えた。

果胡が『お願い』するもの二つは、すぐに予想がついた。だが、あと一つがどうしても分からず、今日ここに来たのはそれを聞くためだと言ってもいい。

「ですが、果胡様のお願いでしたら、なんでも叶えて差し上げたいと思っています。どんなことでも、おっしゃってください。ただし……もちろん、叶えて差し上げられるのは、私に実現可能なことだけ、とはなりますが……」

「うん……じゃあ、これ」

果胡が両手で差し出してきた紙を、囲方はうやうやしく受け取る。

四つ折りになっていたそれを、ゆっくりと開いてみた。そこに幼い筆跡で記されていた文字に目を落とし、思わず眉を寄せる。

「――――っ？」

どういう意味か分からず、いま一度、頭の中でその文字を音読してみる。

だが、やはりよく分からない。両手で持って広げた紙から、果胡の方へ顔を上げ、ニコニコと微笑んでいる彼女をじっと見つめた。

「これは……『結婚』ですか？」

「うん」

「果胡様は……ご結婚を、なさりたいのですか？」

「うん、そうっ」

何度も大きく頷く果胡を見つめながら、囲方は黙り込んでしまった。

三歳で結婚。少し早過ぎるのではないか。

だが、それが本当に果胡の『お願い』なのだとしたら……。自分に実現可能なことはなんでもする、と言った手前、彼女の願いを叶えるしかない。

「つまり、これは……私に、果胡様の結婚相手を探すように、とのご命令でしょうか？　今すぐに……もしくは、将来、夫となる相手を探せ、と……？」

「っ⁉」

「そうであれば、もちろん、この囲方、全力を尽くします。近隣国の皇子など、容姿から頭脳そして性格まで完璧な、果胡様に相応《ふさわ》しい結婚相手を探し出してみせますが……」

「違うもんっ‼」

囲方が真剣な面持ちで言っていたのを、果胡が半ば叫ぶような声で遮った。

「そうじゃなくて‼　果胡は、囲方と結婚したいのっ‼」

「っ……⁉」

「そこに書いてある『結婚』は、果胡が、囲方と結婚したいっていう意味っ‼」

「⁉　⁉　⁉」

囲方は絶句し、果胡の顔から目を逸《そ》らせなくなった。

しばらく沈黙が流れたあと、ようやく喉から声を絞り出すようにして呟《つぶや》く。

「私と……結婚？」

三歳のまだ幼い果胡だが、囲方をしっかりと見つめ返してきていた。

まったく、ぶれたところのない、真っ直ぐな視線。果胡が真剣に言っているようだと分かり、囲方の頭の中はますます混乱してくる。

「私と果胡様では、二十以上の……いえ、正確には二十五もの、年の差があります。結婚するには、年が離れ過ぎているかと思われますが……」

「結婚に年は関係ないって、以前、母上が言っていたよっ？　母上も父上と年が離れているけど、結婚して今はとっても幸せだ、って」

「それはまあ、嵩様と里久様の年齢差は、十くらいのことですから……。そのぐらいでしたらまだしも、二十五歳差というのはちょっと……」

ブツブツと呟いていた囲方だが、一番の問題はそこではない、と思い、言い直した。

「というか……そういった年齢差は、ともかくとして……。私と果胡様は、主人と家臣という関係になります。ですので、結婚は考えられないかと」

「これまでの皇女や皇子の中にも、家臣と結婚した人がいたって、母上が言っていたよ。だから大丈夫。そういう人たちは、小さな頃からいつもそばにいて、それで結婚するようになったんだって……。まるで果胡と囲方みたいだよね、ねっ……？」

「……」

――いや、その方たちは、私と果胡様とは違いますから！

と言い返したかった囲方だが、果胡があまりに明るくニコニコと話しているので、彼女の言葉を頭ごなしに否定することはしにくかった。

こんなところでも、仔虎に対して甘い面が出てしまう。

否定の代わりに、とにかく果胡が本当に結婚を望んでいるのか――否、結婚というものの意味をきちんと分かって言っているのか、慎重に訊《たず》ねて探ることにした。

「ですが……そもそも、果胡様は、どうして私と結婚したいなどと思われるのです……？」

「だって、好きだから」

きっぱりと言った果胡が、幸せそうに微笑む。

「果胡は、囲方にギュッて抱きしめてもらうと、いつもすごくドキドキするの。それで、そうなるのはどうしてなのかな、って母上に訊いたら、それは『恋』だって教えてもらった」

「っ？　里久様に、私と結婚したい、と話したのですか？」

「ううん、囲方と……とは、言わなかった」

果胡が首を横に振り、囲方はホッと胸を撫で下ろした。

「囲方の名前は言わずに、こういう気持ちになるのはどうして、って訊いただけ。そうしたら母上が、果胡の気持ちは『恋』だって……。それで、果胡、囲方に恋しているんだって気付いたの。

以前、母上が、恋した相手と結婚するとすごく幸せになれる、って言っていたから。母上も、恋した父上と結婚して今すごく幸せだって、言っていたから……。果胡も母上みたいになりたい！　囲方と結婚して、誰よりも幸せになりたいのっ……！」

「……」

「それでね、侍女たちが、囲方は皇城で人気があるって噂しているのを聞いて。だから、早く結婚しなくちゃ他の人に取られちゃうと思って、それでっ……」

「か、果胡様……」

果胡の心からの愛情をぶつけられて、囲方の胸はうっかりキュッと締めつけられる。

自分の愛してやまない『仔虎』から、ここまで純粋に好かれているのかと思うと、とてもうれしい。うれしいのだが、しかし……。

(果胡様は、この世で一番かもしれないほど、可愛らしい。可愛らしいとは思うのだが……やはり、この件に応じるわけにはいかないだろう……)

囲方も果胡のことが好きだが、それは恋愛感情ではない。

これまで、まだ三歳の幼い彼女に対して、恋愛だとか妻にするとかいうことを考えたことなど一度もないのだ。

(しかし、もし果胡様が真剣に言っておられるのなら、あまり無下《むげ》に断るのも……)

自分の実現可能なことの範疇《はんちゅう》外であるから、と言って断ろうか。だが、どういう理由をつけるにしろ、舞い上がっている果胡の気持ちを傷付けることには変わりがないだろう。

どうすべきか、と考えていると、果胡がうっとりと夢見るような笑顔でまた話す。

「果胡ね、囲方と結婚したら、毎日囲方といっしょに寝て、いっしょに起きるの。だって、いつもいっしょにいたくて結婚するんだから。いいよねっ？　それから、朝、お仕事に行くときには『いってらっしゃい』って言って、帰ってきたら『おかえりなさい』って言うの。母上も父上に、いつもそう言っていらっしゃるから」

「……」

「結婚したら、囲方は三食のご飯も、いつも果胡と食べるんだよ。いい？　それに、囲方は果胡以外と遊んじゃダメなんだよ。他の仔虎と遊んだり、他の仔虎を抱っこしたりしたら、離婚しなくちゃいけないんだからねっ？」

「そ、そう……ですか……。いえ、そうですね……」

果胡の口から語られる言葉に、囲方は内心ホッとしていた。

やはり、果胡はたんに、結婚というものに夢を見ているだけのようだ。

三歳の思考なのだから当然と言えば当然だが、彼女の語る『結婚生活』には、ほとんど現実味がない。おそらく、前皇帝夫妻の……自分の父母の生活を見ていて、幸せに過ごしている二人に憧《あこが》れているだけなのだろう。

（結婚がどういうものか、よく分かっていらっしゃらないようだ。ただ大人の世界の『結婚している』という関係に、憧れておられるだけか……？）

もちろん、自分も結婚をしたことはない。

だから、実際の結婚後の夫婦生活といったものを、果胡同様、それほどよく理解しているわけではないのだが……。

それでも、果胡の発想が、まだまだ子供の域を出ていないのは分かる。

きっと、一時的な……子供の時期に特有の、大人の世界への強い憧れや、ぼんやりと抱く夢の一種なのだろう。

（これなら……なんとか、なりそうか？）

どうやって果胡を傷付けずに、『実際には結婚しない』方向へ持っていけるか。

囲方はしばらく考えてから、ゴホンと静かに咳払いをした。

「果胡様……果胡様の、三つ目の『願い』は、よく分かりました。とてもうれしいです」

「本当っ？」

果胡がパッと顔を輝かせ、椅子から身を乗り出してくる。

「じゃあ、囲方、果胡と今すぐ結婚してくれるのっ？　いいんだねっ？」

果胡は早口で念押しをし、強引に合意に持っていこうとしていた。

「そ、そう……ですね」

彼女の勢いに押されて、つい、そう言ってから、囲方はハッと我に返って言い直す。

「ああ、いえ……。ですが、さすがに『今すぐ』というわけにはいきません」

「ええっ？」

果胡が目を瞠り、その身体を椅子の上で引く。出端をくじかれた、といった様子でがっかりしている彼女に、囲方は淡々と言う。

「たとえ、私と果胡様の年齢差や、身分差といったものが、問題とならないとしても……。結婚は、大人にならなければ、してはいけないものなのです」

「……？　そうなの……？」

「子供で結婚している者を見たことがありますか？　これまでの皇子や皇女の中には、子供の頃に婚約していた方々もおられたでしょうが、その方たちも、実際に夫婦となったのは大人になられてからではなかったですか？　違いますか？」

「そ、そういえば……」

果胡は伝聞の記憶を手繰《たぐ》るように視線を泳がせ、そのあと、また囲方を見つめてきた。

「じゃあ、果胡が大人になればいいの？　囲方は結婚してくれる？」

「はい」

「でも、大人になるのって、いつ？　果胡、何歳になるまで待てばいいのっ？」

「そうですね……」

今から将来の『自分と果胡との、結婚の履行《りこう》』までは、なるべく長い期間を設《もう》けなければならない。心の中でそう考えつつ、囲方はもっともらしく頷いてみせる。

「果胡様のお母様、十七歳でご結婚なされましたし……果胡様は、十八歳でいかがですか」

「っ？　母上より、一年も遅いよっ？」

「年齢が高めで結婚した方が、夫婦は上手くいくものなのです。人生経験が多い方が……」

「そ、そうなの……？」

果胡はしばらく迷う素振りを見せてから、囲方をうかがうように見つめてきた。

「囲方、でも、果胡が十八歳になるまで……それまで、ぜったいに他の人と結婚しちゃダメだよ？　侍女たちの中には、囲方と結婚したい者がいっぱいいだって聞いたから。果胡は、囲方を誰かに取られちゃうかもしれないって、すごく心配……」

「それは大丈夫です。私は他の者と結婚などいたしませんから、安心していてください」

「そう？　ぜったいだよっ、嘘吐いたらダメだよっ？」

囲方は、はい、と深く頷いた。

自分はそもそも、一生、結婚などしないから、果胡の心配するようなことになる可能性はないだろうと思う。皇家に――現皇帝の航に、心からの忠誠を誓っている。彼のために人生を捧げて仕《つか》えたいから、結婚して身軽さを失いたくないのだ。

それに、女性の歓心を得るために時間を使うくらいなら、剣の稽古《けいこ》をしていたい。

もっと言えば、そんな暇があるなら、少しでも長く大好きな仔虎を可愛がっていたい。

「じゃ、じゃあ……果胡、それでいい！」

果胡がにこりと目を細め、意を決したように頷いた。

「十八歳になったら、囲方と結婚する！　ぜったいね！　約束ねっ……！」

「はい」

囲方は神妙に頷きながら、上手くいった、と心の中で思う。

幸せそうに微笑んでいる果胡を見ると、少し胸が痛んだ。だが、やはりこのやり方が一番いいだろう。果胡を傷付けることもない。

（よし、これでいい……）

なんといっても、果胡はただ『結婚』に憧れているだけなのだ。

本人は『恋している』などと言っているが、それも幼い頃の一時の気の迷いで、一年後にも同じ気持ちでいるかすら怪しいものだ。ましてや、結婚すると約束したのは、十五年後。その頃にはきっと、果胡は自分への淡い恋心などきれいに忘れているだろう。今ここでした話のことも、記憶から消えているに違いない。

万が一、果胡が十五年後も、今の結婚の話を覚えていたとしても……自分はそのとき、四十歳を過ぎている。十八歳になった年頃の果胡が、そんな中年の自分との結婚を望むとは思えない。彼女は、もっと若く、年の近い男を、恋愛対象として考えるだろう。

果胡は、三歳のときに自分と結婚したいなどと言ったことも忘れて——身分も年も釣り合いの取れた相手と、恋をし、結婚することになる。

夫婦で幸せに暮らし、仔虎を産むかもしれない。

そうしたら、おそらく十五年後も独身でこの皇城で働いているだろう自分が、その小さくて可愛い仔虎の世話をするのもいいかもしれない、と囲方は思っている。

つまりは、結婚を遠い将来のこととして――自然消滅《しぜんしょうめつ》を狙う。

それが囲方の作戦だ。

この方法なら、今この場で結婚を断って、果胡を傷付けることもない。

（これでいいんだ……。果胡様には、普通の結婚をして幸せになってもらいたい。そして、仔虎の顔を早く見せて欲しい。果胡様の子なら、さぞ可愛い仔虎に……ん？　仔虎……？）

囲方はふと、あることに気付く。

ハッとし、卓台に座るまだ幼い果胡を、まじまじと見つめた。

（そうか……。もし、将来、私が果胡様と結婚したら、仔虎が生まれるのか……。私の血を引いた可愛い仔虎が？　おおお……！　そんな仔虎が生まれるというなら、それもいいかもしれないな……。あ……ああ、いやいや、ダメだろう、やっぱり！）

一瞬、頭の中をあっという間に支配しようとした妄想を、首を何度も横に振って打ち払う。

囲方は果胡の顔を見つめ直し、真剣な声音で言った。

「果胡様……それから、その……このことは、他の者には秘密です。私と果胡様の結婚のことは、果胡様が十八歳になるまで誰にも話さない、と約束してくださいませんか」

「秘密……？　どうして？」

不思議そうに瞬きをする果胡に、囲方は神妙な面持ちのままで言葉を続ける。

「私と果胡様だけの、秘密にしておくのです。そうでなければ、私たちの結婚を妬《ねた》み、いろいろな手で邪魔しようと画策《かくさく》する者が出てくるかもしれません。例えば……果胡様も先ほど、皇城の侍女たちが……などと、ご心配されていたのではないですか……？」

「あ、そ、そうだねっ……！」

「ですから、結婚のことはご内密に。ご両親や、航様、親しい侍女たちにも言ってはいけません。よろしいですね？」

きっぱり言って、最後に念押しをした。

「これも、私と果胡様が、十五年後に無事に結婚するためなのです」

「うんっ……！　果胡、囲方との結婚を邪魔されるのは、ぜったいに嫌っ……！　だから、誰にも話さないでおくねっ！」

力強く何度も、うんうん、と頷く果胡に、囲方も深く頷いてみせる。

（よし……これで、他に漏れる恐れもなくなった……）

あとは、年月が過ぎるのとともに、果胡が『結婚』の件を忘れてくれるのを待つだけだ。

囲方がホッとしていると、トントン、と部屋の扉を叩く音がした。

「果胡様、囲方様。皇帝様ご夫妻がお越しになられました」

侍女の声がして、扉が外側から開かれる。

廊下で頭を下げている果胡付きの侍女たちの間を通って、皇帝の航と、その妻の葵士が部屋の中へ入ってきた。

「あ、お兄様たちだっ！」

果胡は明るく顔を輝かせ、囲方は素早く椅子から立ち上がる。

皇帝の航たちに対して失礼にならないよう、自分が座っていた椅子のそばに立って控えた。

「果胡ちゃん――……？　久しぶりっ」

満面の笑みでいそいそと近づいてきた葵士が、椅子に座る果胡の頭を撫でる。

五ヶ月ほど前に三つ子の仔虎を産んだとは思えない、まだ少し幼さの残る顔立ちをした十七歳の葵士。

彼のあとに、囲方より一つ年下の航もやってきて、果胡の頭をやさしく撫でた。

「果胡」

「葵士様、お兄様っ！」

大好きな二人に可愛がられて、果胡はにっこりと微笑む。

囲方が航と葵士に軽く一礼をすると、葵士はふと、卓台の上に目を留めた。

「あ、囲方とお汁粉を食べていたんだね……。だったら、もうお腹はいっぱいかな？　お昼ご飯をいっしょに食べるのは、また今度にする……？」

「大丈夫、お昼ご飯食べられるっ！」

心配顔で問いかけた葵士を、果胡は必死な顔で見上げる。

「果胡、お兄様たちとお昼ご飯を食べるのを、すごく楽しみにしていたんだからっ！」

「そ、そう……？　でも、無理しないでね。ご飯を運んでもらうのは、少しあとにして……そのときに、たくさん食べられそうだったら、果胡ちゃんの分もたっぷり運んでもらおう」

「うんっ……！」

果胡は元気よく答え、航が幼い彼女を愛しそうな眼差しで見つめた。

「では、それまで、皆で話でもしていよう。最近、俺たちも忙しくしていて……なかなか、果胡とこうしてゆっくり話す時間を取ることが、できなかったからな」

「航様」

囲方は神妙な表情のまま、航に向かって再び一礼する。

「では、私はこれで失礼いたします。卓台の上は、侍女たちに片付けるよう命じておきます」

「ああ……うむ」

頷いた航の目が、果胡から『三つの願い』を聞いてくれたのだな？　と問いかけていた。

囲方はそれに、はい、と目で頷く。

そして、すぐに扉の方へ向かって歩き始めようとした。しかし、そのとき、椅子の上に座る果胡が、突然、囲方に大声で言った。

「囲方っ、じゃあ、果胡が十八歳になったら……っていう約束、忘れないでねっ！」

「っ!!」

ドキッ、と心臓が凍りつきそうになった囲方だったが、必死に顔色を変えないようにする。

航と葵士に聞かれた。深く追求されたらマズい、と内心ヒヤヒヤしていると、航がわずかに首を傾げた。

「果胡？　なんだ、その『約束』というのは？」

「えへへ～、秘密っ！」

兄の航を見上げた果胡は、これ以上はないというほど幸せそうに微笑む。

「果胡と囲方の、ずっとの秘密なのっ！　ねっ、囲方っ……？」

「は、はい……。それでは、私はこれで……」

かろうじてそう答えた囲方は、そそくさと扉の方へ向かった。

「ふむ……？」

まったく納得のいっていなさそうな航の声が、背後から聞こえたが、それに気付かない振りをして果胡の部屋を出る。背後で侍女たちが扉を閉め、囲方は廊下を歩き出した。

一人になり、ようやく心の底からホーッと安堵する。

先ほどは、果胡が二人の『結婚の約束』について話さないでくれて、本当によかった。口止めしたのを、しっかりと守ってくれているようだ。

（よし……。これで、何年か経ってくれれば……。そうすればきっと、果胡様も、今日の私との結婚の話など、きれいさっぱり忘れてくださるだろう……）

自分の心の声に何度も頷きながら、囲方は白い雪の舞い落ち続けている中庭を抜け、急ぎ足で自室へと戻っていった。


そして、その日の夕方――。

昼食を葵士と果胡とともに食べてから執務室へやってきた皇帝の航は、早めに政務を切り上げることになった。

同じ正宮内にある自室へと戻る彼に、囲方はいつものようについていくつもりだった。

だが、廊下へ出たところで、航から護衛を断られた。

「今日は一人でいい」

こういうことはよくある。あちこちに兵士が配置されており、皇城内でも警備が最も厳重であるため、正宮内であれば皇帝の航も一人で自由に行き来している。

囲方は一礼をし、そのまま航を見送ろうとした。

だが、自室の方へ歩き出そうとした航が、ふとその足を止める。彼は勢いよく振り返り、その黒い冠の前後に紐で簾《すだれ》のようにいくつも垂れ下がっている小石の飾りが、ふわっと揺れた。

何事だろうか、と頭を上げた囲方の方へ、航はきちんと向き直る。

「そうだ、忘れるところだったぞ」

もともと整った顔立ちの航は、神妙な顔をしているとますます精悍《せいかん》で男らしく見えた。

「囲方、お前に言っておくことがあったのだ」

「はい……。なんでしょうか？」

「お前と果胡の婚約式を、明日の午前中に執《と》り行う。儀式用の着物の手配も、すでに終えてある。明日の早朝にはお前の部屋に届けさせるから、お前はそれを着て、いつもの時間にこの執務室へ来てくれ」

航は囲方の背後にある自身の執務室の扉を、くい、と顎で指す。

「ここで俺たちと合流し、婚約式を行う神殿へいっしょに行こう」

「は……？」

囲方はすぐには意味が分からず、瞬きをして航を見つめ返した。

航はそんな囲方の反応が不満だとでもいうように、口を結んで首を傾げる。

「なにを驚いているんだ？　果胡が十八歳になったら、結婚すると約束したのだろう？　そのための婚約式を執り行うんだ、当然のことだろう？」

「そ、それは……」

表面上は顔色一つも変えずにいられたが、心の中では一気に青ざめていた。

結婚の件がバレている！　どうして！　と叫び出したいのをこらえ、静かに問いかける。

「そ……その約束のことは、果胡様からお聞きになられたのですか……？」

「いや」

航は首を横に振った。

「昼間、果胡がお前に言っていた『約束』とはなんなのかを、お前が出て行ってから、果胡に訊ねたが……他の者には秘密だと約束したから、話さない、と言われた。それで、質問を変えたのだ。果胡がお前に示した『三つの願い』は、なんだったのかを訊いた。自分の願いについて話すのであれば、囲方との秘密について話すのではないから、言えるだろう。果胡にそう言ったら、すんなりと話してくれた」

「っ……」

「三つ目の願いが『結婚』だったことと、お前が部屋を出て行くときに果胡が言った、十八歳になったら……という約束を忘れるな、という言葉から、ピンときた。お前が果胡に、十八歳になったら結婚する、と約束したのだと。それに、早速婚約式をしようと提案したら、果胡はとても喜んでいた。その状況から考えて、もう間違いないだろう……？」

「……」

囲方は背中にダラダラと冷や汗が滴《したた》るのを感じた。

(か、果胡様……誰にも話してはならないと、あれほど念押ししましたのにっ……!)

きっと果胡には、自分が囲方との『秘密』をバラしたも同然だという意識はないのだろう。兄の、ある意味狡猾《こうかつ》な大人の誘導に嵌《は》まったとも気付いていない。わずか三歳の果胡に、『秘密』は荷が重過ぎたか……。

では、ここは自分がなんとかするしかない。そうでないと、大変なことになる。

もちろん、言い訳として、果胡との結婚の約束が苦し紛れのものであったなどとは、口が裂けても言えない。そんなことをすれば、航から『妹の果胡の気持ちを弄《もてあそ》んだのか?』と怒りをぶつけられてしまうだろうから……。

「こ、航様……その件について、お話が……」

「ん?」

眉を寄せた航に、囲方はなんとか怯《ひる》まないよう、気持ちを落ち着けて言った。

「果胡様と私は、二十五歳もの年齢差があります。おまけに、皇妹様と家臣という、とても乗り越えられるとは思えない、身分差もありまして……。これらは、結婚において大変、重視される項目であると私は認識しております。つまり、私のような者は、果胡様の結婚相手として相応しくないのだ、と……私は充分に、そう自覚しております……」

自分が今、口にしていることが、いかにも大きな問題であると航の耳に聞こえるように、わざと大仰《おおぎょう》に抑揚《よくよう》をつけて話す。

「ですから、果胡様と結婚……というような約束をしてしまったのは、身の程知らずの私の誤《あやま》りであったと、今はそう感じて深く反省しております。もちろん、果胡様はなにも悪くありません。ただ、果胡様のお気持ちがうれしかったばかりに、つい、私が己の年齢や身分もわきまえず、あのような約束をしてしまったのが愚かで……」

「ああ、そんなことを気にしていたのか」

航は眉間に寄せていた深い皺《しわ》を、ふっと解いて、さらりと言った。

「年齢差や身分差などといったものは、まったく気にしなくていい。父上や母上も、気になさらないだろう。むしろ、真面目で誠実なお前の人柄をよく知っているから、お前に果胡を任せるなら安心だとお思いになる。俺も精一杯、説得するし、お二人はお前と果胡の結婚には反対しないはずだ」

「こ、航様が……前皇帝夫妻を、せ、説得……？」

「ああ、そうだ。俺は、お前と果胡が結婚することに、大賛成だからな」

航からにこりと微笑みかけられて、囲方は強い目眩《めまい》に襲われた。

どんどんと逃れられない場所に追い込まれていくのを感じる。もうダメだ、と心の中で焦りながらも、どうにかこの件をうやむやに遣り過ごせないか、と必死に考えた。

「し……しかし、明日、婚約式というのは、早過ぎませんか……」

囲方は、心の中の動揺を悟られないようにと、平静を装った口調で言う。

「結婚の約束をしたのは、今日のことですし……果胡様も、まだ気持ちの整理がついていらっしゃらないのではないか……と思います。三歳では、儀式の意味もあまりよくお分かりになっておられないでしょうし、婚約式というものはもう少し先にしてもよろしいのでは……。いっそ、果胡様が十八歳になられる直前でも、いいかと思いますが……」

「……」

航は急に押し黙り、まじまじと囲方を見つめてきた。

囲方としては、なんとしても『婚約式』などというものを先延ばしにしたかった。

そして、果胡が十八歳になるまでに……それまでに何年も月日が経過するうちに、あわよくば、果胡ばかりでなく航にも、今回の結婚の約束の件を忘れてもらえたらいい。

そう考えていることを、航に見抜かれたのだろうか。

だとしたら、この場で彼から怒声を浴びせられるかもしれない。囲方がそう思ってドキドキしていると、航が、すうっ、と大きく息を吸った。

しかし、彼は囲方の予想に反して、静かで穏やかな声で言う。

「囲方……お前は、一つ、大事なことを忘れているようだな」

「……？」

「今回、果胡に『三つの願い』を叶えてやると言ったのは、もともとはこの俺なのだ。もしお前の言うように、婚約式を十何年も先延ばしにして……その間に、万が一、なにか間違いが起こり、果胡がお前と結婚できなくなったら……俺が、果胡の示した『願い』の一つを叶えられなかったことになる。つまり、俺が果胡に嘘を吐いたことになる。幼い妹と約束したことも守れないのかと、皇帝である俺の面目《めんもく》が丸潰れになるというわけだ」

「航様の面目が……潰れる？」

囲方の戸惑いを含んだ呟きに、航は重々しく頷いた。

「そうだ。だから、お前には将来、ぜったいに果胡と結婚してもらわなければならない。二人の結婚を確実にするためにも、できるだけ早く婚約式をするのがいい。父上や母上、俺の弟妹や妻の葵士、子供たち……それから重臣たちにも、すべて出席してもらう。そうしておけば、皇城内で、お前と果胡は将来結婚するものとして、広く知られることになるだろう。果胡が十八歳になるまで、万が一の間違いなども起きず、お前たちは必ず夫婦になれるのだ」

「っ……」

「そういうわけだから、婚約式は明日だ。延期はしない、分かったな？」

反論を許さないといった強い口調で決めつけ、畳みかけてくる。そんな航の言葉を聞けば聞くほど、囲方は全身から血の気が引いていくように感じた。

「それでは、また明日の朝会おう。この執務室で待っている」

サッと踵《きびす》を返し、歩き去ろうとした航の背中を追って、囲方は思わず一歩踏み出した。

「あっ、こ、航様っ……」

「……？　なんだ？」

足を止めて振り返った航に、しかし、囲方はもうなにも言えることがないと気付く。

「い……いえ、なにも」

航が首を傾げ、自室へと続く長い廊下を歩き去っていった。

彼を見送った囲方は、取り残されて一人になる。まったく想定外の展開と事態に、壁に掛けられた角灯の火に明るく照らされた廊下で、呆然と立ちすくんだ。

（ど……どうすればいいんだ？　これは、もう決定なのか？　ぜったいに逃れられない、ということか……？　将来、果胡様が十八歳になったら、結婚しなければならないと……？）

将来、果胡と結婚しないようなことがあれば、皇帝の航の顔を潰すことになるなんて……！

自分で仕掛けた策略に、自分が見事に引っかかってしまった気分だ。

（ど、どうなってしまうんだ、いったい～～～～～～～っ？）

いくら自分に問いかけてみても、答えなど返ってくるはずもない。

囲方は全身が冷たい汗でぐっしょりと濡れていくのを感じながら、いつまでもその場に立ち尽くしていた。

不思議な力

「皇帝は巫子姫に溺れる」陽×羽水

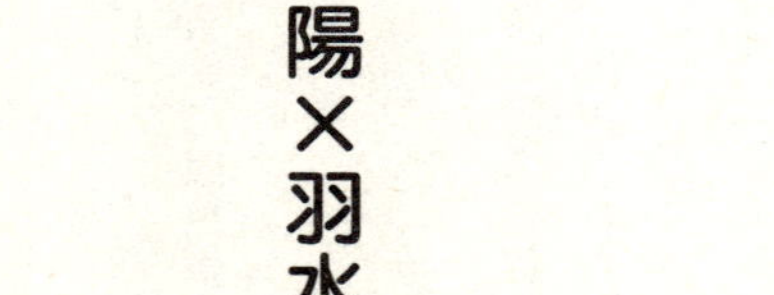

古い門扉《もんぴ》をゆっくりと押し開けた羽水《うすい》は、思わず感嘆の声を漏らした。

「わぁ……！」

夏の午後の強い陽射しの下、正面に現れたのは、平屋建ての大きな屋敷だ。

天井が高くて間口の広い、どっしりとした農家風の造り。奥にその母屋《おもや》が建つ広々とした敷地は、周りを厚い土塀に囲まれている。

石と煉瓦《れんが》でできた小さな納屋が前庭の右手にあり、左手には釣瓶《つるべ》付きの井戸もあった。

胸に小さな白い仔虎を抱いている羽水は、右手に風呂敷包みを下げた夫の陽《よう》とともに、玄関の前まで行って屋敷を見上げてみる。

土塀沿いの庭木が、瑠璃《るり》色の瓦《かわら》屋根の上に、こんもりと茂った黒い葉影を落としている。

爽《さわ》やかな青空を、小さな白い雲がゆっくりと流れていって――。

ひっそりとした佇《たたず》まい。人の気配がせず、蟬《せみ》の鳴き声以外はなにも聞こえない。

年季の入った木の戸や窓。玄関脇の軒下に、置き忘れられたかのように積まれた竹籠《たけかご》。

農家風の屋敷が醸《かも》し出す、いかにも田舎らしい、のんびりとした雰囲気に、羽水の心は一気に引きつけられた。

「すごく、素敵なお屋敷ですねっ……」

羽水は神龍の血を受け継ぐ証《あかし》と言われている、澄んだ湖のような美しい水色の瞳を瞠《みは》り、敷地内をぐるりと見回した。

屋敷は静寂に包まれてはいるが、荒れた印象はない。雑草は見苦しくない程度にきれいに抜かれている。庭木の剪定《せんてい》もされており、定期的に手入れされていることがうかがえた。

都の西の外れにあるこの土地では、なにもかもが素朴《そぼく》だ。

田畑と高い山々に囲まれた農村の風景に、見る者すべてが心癒されるだろう。

きっと、この地で生活している人々の時間は、ゆったりと流れているに違いない。

そんなところが、人の多い都から来た羽水の目には、なによりも魅力的に映った。

羽水も、四年前の十七歳までは庶民で、こことよく似た田舎に暮らしていた。都の皇城へ嫁入りするまでずっと、東方の龍神山《りゅうじんさん》で巫子《みこ》として働いていたのだ。

そのせいか、自然の中に佇む屋敷を見ると、なんだか懐かしく、ホッとした気分になれた。

「空気も美味《おい》しいですし、裏手には高い山々があって……」

その山々から吹き下ろしてくる風で、羽水の薄茶色の髪が華奢《きゃしゃ》な肩をサラサラと撫でる。

「故郷の龍神山を、つい思い出してしまいます。龍神山も、龍神村《りゅうじんむら》も、こんなふうに自然が豊かで、いつも静かで……」

羽水は深く息を吸い込んで、長い睫《まつげ》が淡い影を落とす水色の瞳を細めた。

そして、着物の胸に抱いている白い仔虎を、両腕でしっかりと抱き直したあと、自分の隣に立つ陽を微笑みながら見上げる。

「このお屋敷は、建てられてから百五十年以上も経《た》っているとか……。でも、古く寂れた感じには見えませんね。しっかりとした造りで、安定感があって。この建物が過ごしてきた長い年月が、逆にとてもよい趣《おもむき》になっていると思います」

「そうだろう？　まあ、それも、これまで手入れや修繕などを、皇城からの指示できちんとやってきたからではあるが」

「本当に、丁寧に手入れをされていますよね……」

長らく人が住んでいない。ほんのたまに皇族が泊まりに来るだけだと聞いていたが、玄関周りの地面には、背の高い草は一本も生えていない。

古く趣のある玄関の引き戸は、よく磨《みが》かれているせいか艶が出ていた。

もちろん、今から一週間前には、皇帝の陽とその妻の羽水、そして二人の間にできた皇子の汪《おう》が今日から三日間この屋敷に滞在することを伝えてあった。そのため、この近くに住んでいる管理者らが、今回の滞在の前に、特に念入りに敷地内の掃除を行ったことは間違いない。

だが、それだけで、古い屋敷がここまで美しい状態で保たれているとは思えない。

やはり、日頃の手入れを怠《おこた》っていないことが、一番の原因だろう。

「なんといいますか……長い歴史のある、とても趣のあるお屋敷のうえ、こんなにきれいになっていて……。すごく落ち着いた気持ちで、ゆっくりと滞在できそうです」

「そうだろう、そうだろう」

陽は風呂敷包みを持っていない方の手で自身の顎《あご》をつかみ、目を閉じて頷《うなず》く。

「きっと、お前がそう言ってくれると思って、ここに連れて来たんだ。俺も子供の頃に何度か来ただけだったんだが……この屋敷を、とても気に入っていた」

彼は瞼《まぶた》を開け、男らしく微笑みかけてくる。

「お前が気に入ってくれてよかった。お前と汪と、ここでのんびりと過ごしたかったのだ。せっかく取れた休みだからな」

「陽様……」

夏草の匂いのする風が、ふわっと陽の黒髪を吹き上げ——。

彼の明るく朗《ほが》らかな笑顔に、羽水は思わずドキリとし、しばらく見惚れてしまった。

この国の皇帝であり羽水の夫でもある陽は、昨年、三十歳になった。

肌の色が濃く、眉がはっきりとしていて、全体的に精悍《せいかん》な印象が強い。

背が高く、男っぽい身体つきなのだが、知的で温和そうな雰囲気もまとっている。上品な光沢のある紫色の絹の着物が、よく似合っていた。

深い紫色の瞳を細めて微笑んでいる今は、いつもより慈悲深さが際立って見えて——。

彼のやさしさが滲《にじ》んだ眼差《まなざ》しに、自分と息子の汪への深い愛情が見て取れて、羽水はうっとりと幸せな気分になった。

(陽様……陽様は、なにも変わっていらっしゃらないな。四年前に、龍神山で初めてお会いしたときから……)

羽水が陽と恋に落ちたのは、四年前、故郷の龍神山でのことだった。

都の東方——馬車で三日ほどかかる龍神山を、皇帝の陽が、民たちのために雨乞いの祈禱《きとう》をしに訪れたのだ。重臣たちや二千人もの兵士を引き連れてやってきた彼と、一ヶ月ほどの滞在中にお互いに惹《ひ》かれ、愛し合うようになった。

陽が都に帰るのに合わせて、羽水もいっしょに龍神山をあとにし、皇城へついてきた。

それから四年経ち——。

羽水は皇帝の陽の妻として、彼と息子の汪とともに、皇城で幸せに暮らしている。

皇城へ嫁入りして三ヶ月後に生まれた、二人の初めての子。三歳と七ヶ月になる汪を、陽は目に入れても痛くないほど可愛がってくれている。

今回も、久しぶりに取れた三日間の休みを、汪と過ごすことに使いたい、と言ってくれた。

陽は、普段、皇帝としての仕事が忙しい。息子の汪と充分に遊んでやれていないと感じているらしく、自然溢れるこの土地で、一日中いっしょに過ごしたいとのことだった。

もちろん、妻の羽水とのんびりするのも目的だ。

家族水入らずで、静かに過ごそう。一般の、普通の家庭のように——。

陽はそう言い、都の西の外れにある、この古い屋敷で過ごすことを提案した。

この屋敷は、百五十年ほど前に、皇位を退いた皇帝とその妻が余生を過ごした家だという。

陽と羽水のように男同士で結婚していた彼らには、すでに十二人の子供がいたが、さらに三人の子供をこの地で産み、育てたのだそうだ。

皇帝が代々、虎の血を受け継いでいるからか、子だくさんなのは皇家の伝統のようだ。

屋敷は今に至るまで皇城によって管理され、皇族が時々泊まったり使用したりしていた。

敷地の裏手には川があり、そこからすぐに山へと続いている。

川は浅くて緩やかな流れで、水遊びができる。魚も獲《と》れる。滞在中は、川で存分に遊ぼうと、出発前に陽が言っていた。

羽水たちは、川で獲った魚と、屋敷の横にある畑の野菜で、滞在中は自炊をする予定だ。

そのために必要な鍋や食器などは、事前に炊事場に用意しておいてもらった。

足りない食材があれば、歩いてすぐのところに設《もう》けられている、今回皇城から同行してきた護衛の兵士や医師たちの宿泊場所に行って、手配を頼めばいい。朝と夕方に、陽の側近《そっきん》の口燕《こうえん》も、様子を見に屋敷を訪れてくれることになっている。

屋敷に滞在中は、ほぼ誰にも邪魔されずに、家族だけの時間を楽しめるよう、陽がいろいろと手配をしてくれたのだ。

羽水たちは、つい先ほど、護衛の兵士や医師たちと、彼らの宿泊場所で別れた。

そして、羽水と陽、息子の汪の三人だけで、その場所からのんびりと田畑の中の土の道を歩いて、この大きな農家風の屋敷まで来たところだ。

（陽様は、こんなふうに家族だけで過ごすために、いろいろと手配してくださって。僕のことも息子の汪のことも、いつも気にかけて愛してくださっている。僕は、すごく幸せだな……)

羽水はしみじみと幸せを噛みしめながら、隣の陽を見上げて微笑む。

「汪も……この子も、ここに来られて、すごく喜んでいると思います」

身体の向きを変えて、胸に抱いている白い仔虎を陽からよく見えるようにした。

「大好きなお父さんの陽様と、一日中いっしょに過ごせるのを、汪はとても楽しみにしていましたから。……ね、汪?」

「きゅうっ♪」

ふわふわの毛に覆われた三頭身の仔虎が、陽を見上げてうれしそうに鳴く。

陽は息子のそんな姿を見て、盛大に目尻を下げた。

「うむ……。そうか、そうか」

彼は手を伸ばし、仔虎の丸い頭をポンポンと撫で叩く。

「この父も、息子のお前と三日間、ここでゆっくりと過ごせるのを楽しみにしていたぞ。中に荷物を置いたら……暑いし、すぐに川遊びに行こう」

「きゅうう、きゅう〜っ!」

「うむ、うむ」

楽しみ！　と喜んでいる様子の仔虎に、陽は父親の慈愛に満ちた顔で何度も頷いた。

彼は風呂敷包みを手にしっかりと持ち直し、羽水を視線で前方へと促す。

「羽水……さあ、入ろう」

「はい」

羽水は頷き、玄関の引き戸を開けてくれた陽に続いて中に入った。

屋敷に入ってすぐのところは、広い土間になっていた。

以前ここで暮らしていた皇帝夫妻は、屋敷の外のすぐ横に広がる畑で野菜作りを楽しんでいたと、陽が今回の出発前に教えてくれた。土間がとても広いのは、雨の日もそこで農具の手入れをしたり、そこに収穫した野菜を積んで保管しておいたりできるように、と考えて設計したからだろうか……。

土間の先には厨房《ちゅうぼう》と、八人掛けの大きな卓台のある居間が続いている。

屋敷内はどこも天井が高く、解放感のある空間となっていた。

居間の奥では、裏庭へ抜けることができる大きな窓扉が開け放たれている。その右手には廊下が伸び、五つほどの個室があるらしいのが分かった。

陽が卓台の上に風呂敷包みを置き、羽水は居間の突き当たりへと向かう。

奥の開け放たれた窓扉から外を眺め、胸に抱いている仔虎とともに感嘆の声を漏らした。

「わぁ……いい眺めですねっ」

裏手にあると聞いた川は土塀で見えなかったが、高く連なる山々を見渡せる。

「居間の椅子に座ったままで、緑の山を見ることができるなんて……。ここで食事をしたら、朝などはとても気持ちがいいでしょうね……！」

「今は特に、緑の美しい、いい季節だからな」

背後から近づいてきた陽が、羽水の隣に立った。

羽水は瞳を輝かせ、はい、と返事をしながら彼を見上げる。

「滞在中に何度か、この居間から山を眺めて、ゆっくりと過ごしてみたいです」

「そうだな、ぜひそうしよう」

陽は楽しそうに首を縦に振り、羽水に賛同してくれた。

「二人で……いや、汪もいっしょに、ここでお茶を飲んだりするのもいいな。屋敷の裏手は川と山だけで、民家は建っていない。他人の目を気にする必要もないから、ここなら心からくつろげるだろう。きっと、家族皆でゆっくりと過ごせる」

「はい……」

「どうだ？　屋敷の外観だけでなく、中も気に入ってくれたか？」

「はいっ、とても！」

羽水は目を細め、仔虎を抱いたまま何度も深く頷く。

「窓から見える山の風景も、故郷の龍神山とどことなく似ていて……懐かしい感じがして、すごくホッとした気持ちになれます。こんなお屋敷に三日間滞在できるなんて、本当に楽しみですし、うれしいです」

「うむ」

陽は満足そうに頷き、裏庭に建つ土塀の端の方へ目を遣《や》った。

「あそこに、木の扉が見えるだろう？　あれを出ると、すぐに川へ降りられるようになっているのだ。汪も水遊びを待ちきれないだろうし、夕食用の魚も獲りたいし……。これから早速、川の方へ向かおう」

「はい」

羽水が笑顔で頷いたとき、腕の中から仔虎がスルリと抜け出した。

「きゅっ！」

「あ、汪……？」

床に、ストン、と跳び降りた仔虎の汪は、ちょこんとお座りをする。そして、白く小さな仔虎の姿から、人間の三歳半くらいの幼児の姿へと変わっていった。

羽水は瞬きをし、人間姿になった彼の前にしゃがむ。

「汪、水遊びにはその姿で行くの？　じゃあ、裸のままここを出るわけにはいかないよね。ちゃんと、着物を着ないと……」

よいしょ、と両腕で再び汪を胸に抱っこして立ち上がり、陽の方を向いた。

「ちょっと待っていてくださいね。汪に、着物を着せますから」

「ああ」

羽水は居間から隣の部屋へと移動し、そこの箪笥《たんす》の引き出しを開ける。

三人の滞在中の衣服などは、事前に用意されて皇城から運び込まれているのだ。

汪の着物を取り出し、居間で彼に着せてやった。

そのあと、手提げの籠《かご》に、身体を拭くための厚布を入れる。川遊びで濡れるだろうからだ。

皇城から持参してきたお茶入りの竹筒もそこに入れて、陽に川へ行く準備ができたことを告げていると、着物を身につけて立つ汪がじっと見上げてきた。

「母上……これも、川へ持っていってください」

「ん？」

羽水が汪の視線の先を追うと、そこには先ほど陽が卓台の上に置いた風呂敷包みがあった。

隣に立つ陽が瞬きをし、不思議そうに首を傾げる。

「そういえば、その荷物はなんだったんだ？　出掛けるときに、お前が『これも持っていかないと』と言っていたから、俺が運んだが……」

「あ、はい……あの、これは、囲方《いほう》からもらったものです」

羽水は言い訳のように説明した。

「今朝、出発の直前に、部屋に届けてくれたので、これは事前に運ぶことができなかったのです……。陽様に運んでいただくことになって、申し訳なかったのですが……」

「それはいいのだが……囲方は、いったい、なにをくれたのだ？」

「汪の『おやつ』だと言っていました」

羽水は苦笑し、風呂敷包みを見下ろす。

「皇城を離れると、美味《おい》しいおやつを食べられなくなるだろうから、と……。ここにいる間も汪が好きなお菓子を食べられるように、囲方が街で買ってきてくれたそうです」

「中身は菓子だったのか？　けっこう重かったぞ」

陽が驚いたように目を瞠った。

「一人分のおやつだろう？　こんなにたくさん必要なのか？」

「いいえ……。ですが、囲方は今回、汪に同行できなかったので。その分、おやつを奮発《ふんぱつ》してくれたようです。風呂敷包みの大きさは、囲方の汪への愛情に比例して大きくなってしまったのではないかと……」

「まったく。あいつの仔虎好きは、たまに呆《あき》れてしまうほどだな」

陽はため息を吐き、片手で黒髪をクシャクシャと軽く掻き乱す。

「まあ、父上の側近のあいつには、俺も子供の頃に猫可愛がりされた口だ。今さら、囲方の特殊な嗜好《しこう》について、どうこう言うつもりはないが……」

囲方は、陽の父である前皇帝の一番の側近だ。

今現在は五十代の男性であり、皇城では仔虎好きとして有名である。陽も子供の頃には、彼によく世話をしてもらったと、羽水は聞いている。

囲方は、次期皇帝である第一皇子の汪のことも、とても愛してくれている。

今回の三日間の休みにも、できれば仔虎の汪目当てで同行したい、と考えていたようだ。しかし、彼には皇城での、前皇帝の側近としての務めや、前皇帝夫妻のまだ幼い子供たちの世話という仕事がある。今回の旅行についてくることは、できなかった。

囲方はそれを悔しく思い、せめて汪に美味しいおやつを、と考えたらしい。

「しかし、さすがに仔虎になにかあるたびに、こうして私費で大量のおやつを購入したりしていたら大変だろう。時間的にも、金銭的にも……」

陽は大きな風呂敷包みを、さらなるため息とともに見下ろす。

「仔虎に甘過ぎだと、あいつの家族から文句が出ないのか……？」

「平気なんじゃないでしょうか。囲方の仔虎好きは、奥さん……いえ、奥様の公認となっているようですし」

羽水が微笑んで『奥様』と言い直したのは、囲方の妻が陽の叔母にあたるからだ。

つまり、囲方の妻は、陽の父親である前皇帝の、末の妹なのである。

彼女は臣下の囲方に嫁いで、皇族としての身分を失った。だが、陽から見れば叔母にあたる女性だから、羽水も『様』と敬称を付けて呼んだ方がいいだろうと思った。

「公認……まあ、それは確かにそうだが」

まだ納得がいかないというようにブツブツと言っている陽に、羽水は、ふふ、と微笑む。自分の足元に立つ息子の汪を、胸にヒョイと抱き上げた。

彼と目線の高さを合わせ、にこりと目を細める。

「汪、このおやつは川へは持っていかないよ。これは、夕飯のあとに食べようね。夕飯をたくさん食べたあとなら、お菓子をいくら食べてもいいから」

「本当ですかっ？」

「うん……だから、今は我慢しよう？」

「はい、母上」

汪はうれしそうにコクンと頷き、羽水の胸の中で微笑み返してきた。

とてもまだ四歳に満たない子供とは思えない、その聞き分けのよさに感心しつつ、羽水は陽に手提げの籠を持ってもらい、自分は汪を抱いたまま裏手の川へ向かう。

土塀の木扉を抜け、土手の階段を十段ほど下ったところに、流れの穏やかな川があった。

川幅は人の背丈の三倍くらいで、深さは膝丈だ。

午後の強い陽射しを直接浴びないよう、羽水たちは木陰に入った。

すぐ裏手に続く高い山から吹いてくる風が涼しく、気持ちいい。

三人で大きく平らな岩の上に、横に並んでゆったりと腰を下ろした。その岩の上に手提げの籠も置いて、靴と下衣を脱ぎ、川に入ってみる。

三人とも着物の裾を捲り上げて腰帯に挟み、太腿まで剝《む》き出しにして、着物が濡れないようにした。だが、そうしていても、川の中を歩いたり、水を掬ってパシャパシャと掛け合いっこに興じたりするうちに、あちこち濡れてしまった。

羽水は自分の濡れた頬を、着物の袖で拭う。

一休みして、ふう、と息を吐いていると、川岸からすぐの山の中でガサッと音がした。

ハッとした羽水が視線を向けた先で、低木の茂みが揺れ、なにか小さな動物が山の斜面を跳ねるように走り上がっていく。

「あっ、母上、兎《うさぎ》っ！　兎ですっ……！」

汪が茂みの方向を指差し、興奮した声で叫んだ。

ふわふわの毛の生えた兎の姿はあっという間に岩の向こうへ消えたが、川の中で羽水から少し離れた先に立つ汪は、まだ顔を明るく輝かせている。

「本物の兎なんて、初めて見ました！　本当に、ピョン、ピョン、って跳ねるように走るのですねっ。しかも、すごく脚が速いですっ！」

「うん、兎ってそうなんだよ」

羽水が穏やかに微笑むと、汪は、どうして羽水がそんなに落ち着いていられるのか理解できないと言わんばかりに、声を弾ませたまま問いかけてきた。

「母上は、以前に、本物の兎を見たことがあるのですかっ？」

「うん」

「本当ですか、すごいですねっ！」

「すごい……っていうわけじゃ、ないんだよ」

感心したように目を瞠って見上げてくる汪に、羽水は苦笑する。

「僕は、汪の父上と出会って都に来るまでは、山の中に暮らしていたから。だから、よく兎の姿を見ることができたんだよ」

「そうなのですか……。では、熊や狼《おおかみ》も見ましたか？　狐《きつね》は？」

「熊や狼は、見たことがないかな……あまり、人の住んでいる場所には寄ってこないから。狐は、そうだね、何度も見たことがあるよ」

「っ……！　やっぱり、母上はすごいですっ」

汪はそう言い終えるか終えないかのうちに、今度は川面《かわも》を見つめてハッとしたような顔になった。彼は、バシャバシャと派手に背後に水を跳ねて歩き出す。

「あっ、あっ……今、水の中で、なにか動きましたっ！」

水の中で動いたというその『なにか』を追って、汪は川の中をあちらこちらへ駆け回った。

羽水は、川底の丸石で足でも滑らせないかと、ハラハラしながら見守る。

「汪っ、川の中を歩くときには気をつけるんだよっ。転ばないようにねっ」

「分かっていますっ！」

すでに羽水から三十歩ほど離れた先へ行った汪が、振り返って朗らかな笑顔で手を振った。

そして、川の中でまたクルッと勢いよく背中を向けたのを見て、羽水はため息を吐いたが、羽水の隣に立つ陽は眩《まぶ》しそうに息子を見つめる。

「汪は元気だな」

「子供なので、好奇心が旺盛なのでしょう。それに、これほど豊かな外の自然に触れるのもこれが初めてなので、はしゃいで夢中になっています」

「うむ。ここでの経験は、汪にとって将来に役立つ、とても貴重なものとなるだろう」

陽は満足そうに深く頷き、自分の腰に片方の手をやんわりと当てて汪を見守り続けた。

しばらくすると、汪が水遊びに満足したらしく戻ってくる。

三人で再び、先ほど腰を下ろしていた岩の上に座った。羽水は手提げ籠に入れて持参してきた布で、汪の濡れた着物と身体を拭いてやる。

それから竹筒のお茶をそれぞれ飲んで休んでいると、陽がおもむろに立ち上がった。

「では、俺はそろそろ父親として、息子の汪に『いいところ』を見せるとするか」

「……？　いいところ？」

瞬きをして見上げた羽水に、陽は艶のある男らしい瞳で悪戯《いたずら》っぽく微笑んだ。

「この川で、夕食用の魚を獲るのだ。羽水、お前は汪とともに、俺の雄姿を見ていてくれ」

「あ……？」

陽は自分の腰帯をスルスルと解き、着物を足元に脱ぎ落とす。

肌色の濃い、男らしい筋肉のついた身体をさらした彼は、羽水たちの目の前でその姿を変えていき――。すぐに、白い毛に覆われた大きな虎が姿を現した。

四本の逞《たくま》しい脚で岩を踏みしめて立つ、神獣のように美しい白虎。

羽水がその姿に見惚れていると、白虎はのっそりと川の中へ足を踏み入れる。

「あ……その姿で、魚を獲るのですか？」

「グルッ……」

川の中に立つ白虎が立ち止まって振り返り、そうだ、と肯定《こうてい》するように鳴いた。

彼は川の上流の方へ頭を向けて四本の脚で立ち、じっと川面を見つめる。

岩の上に座って固唾《かたず》を呑んで見守っている羽水と汪の前で、次の瞬間、右の前脚を高く振り上げたかと思うと、その脚先でビシッと川の水を掬い上げるように叩いた。

水といっしょに川から魚が跳び上がり、羽水たちのいる岩の上へと飛んできた。

岩の上に落ちた大きな川魚は、ビチビチッ、と活きのいい音を立てて跳ね、身体を曲げて川の中へ戻ろうとする。

羽水はとっさに手を伸ばし、魚を捕まえた。

スルッと両手の中から抜け出そうとする魚を、しっかりとつかむ。空になっていた手提げ籠の中に押し込めて、ようやく落ち着き、ふーっ、と息を吐いた。

川の方へ視線を戻すと、白虎がまた前脚で川面を勢いよく叩き、魚が空に舞う。

「わわっ！」

自分のすぐ脇の岩の上に落ちた魚を、羽水はまた捕まえて籠の中に入れた。

陽が変化した大きな白虎は、次々と魚を獲り、あっという間に十匹ほどになった。

百発百中といってよい、見事な腕前だ。羽水はもちろん、隣に座ってずっと見ていた汪も感心し、目をキラキラと輝かせる。

「父上、すごい！　すごいですっ！」

「グルッ」

「これだけ魚があったら、今日の夕飯に充分ですねっ！」

「グルルルゥ……」

川の中に立つ大きな白虎は、羽水たちの方を向いて満足そうに低く鳴いた。

幼い息子に賞賛されたのがうれしかったのか、上機嫌な弾んだ足取りで戻ってくる。

彼は羽水たちから少し離れた岩の上でブルブルッと全身を犬のように震わせ、毛についていた水滴を払った。それから近くにやってきて、岩の上にゴロリと横になる。

四肢を伸ばし、ふかふかの白い腹を羽水と汪の方へ差し出す格好だ。

紫色の瞳にじっと見上げられた羽水は、ここで寝ろ、と誘われているのが分かった。

「え、いいんですか？」

瞬きをしながら問うと、白虎がゆっくりと瞬きを返してきた。

羽水はそれを了承と受け取り、そばに座っている汪を自分の胸に抱っこする。

「汪、ちょっと、お父さんのお腹で寝かせてもらおうね。じゃあ、陽様、失礼します」

白虎の大きな腹に寄り添うように、汪を胸に抱いたまま身を横たえた。

長い白虎の毛はまだ濡れていたが、冷たく感じるほどではない。その温かくやわらかな腹に全身が埋まっていくように感じて、羽水はうっとりとする。

「ん～、気持ちいい」

山の中の空気が美味しく、すぐそばで流れる川のせせらぎが耳に心地いい。

頭上にかかる木陰の涼しさが、夏の午後遅くの暑さを忘れさせてくれて……。

愛する伴侶の陽と、彼との間にできた息子の汪。二人と抱き合うようにしてゆったりくつろいでいると、気持ちよくて、自然と瞼が落ちていった。

（ああ、本当に気持ちがよくて、安心できて……幸せだな。このまま動かずに、ずっとこうしていたい……）

ウトウトして、しばらくの間、ぐっと寝込んでしまったようだ。

羽水が目覚めたのは、そばに眠る白虎の鼻先で、ツンツン、と頬を突かれたからだった。

「あ、僕、いつの間にか寝ちゃって……？」

戸惑いながら自分の胸を見下ろすと、汪が大きく口を開けて欠伸《あくび》をする。まだ眠そうな目をしているが、羽水といっしょに白虎に起こされたようだ。

「陽様、すみませんでした」

羽水は汪を抱いたまま、岩の上にゆっくりと上半身を起こして座った。

頭上を見上げると、日暮れ間近と思われる薄朱色の空があった。

「そろそろ日が落ちそうですね。屋敷の中に戻りましょう」

「グゥ……」

白虎が喉を震わせるようにして鳴き、その姿を人間の男性のものへと変えていく。

三人で身支度を整えたあと、羽水は持参してきた布や竹筒を、魚の入った籠の上にまとめて載せ、荷物を籠一つで持ち帰ることができるようにした。

帰りは父親の陽が汪を抱っこし、三人で川をあとにする。

陽の提案で、屋敷の横にある畑に寄ってから、正面へ回って中に入ることになった。

羽水は魚など荷物が入った手提げ籠を持ち、汪を抱いた陽とともに川から土手を上がる。

陽のあとについていき、広々とした畑を見渡した。

きちんと整備された畑には、胡瓜《きゅうり》や茄子《なす》などが立派な実をつけていた。

屋敷の管理者が、毎年、そうして野菜を作っている。そうすることで、農業に使う土の質を落とさないようにしてくれているらしい。

羽水は瑞々《みずみず》しい立派な野菜をいくつか、夕食用に収穫させてもらった。

それらを籠の上に載せて屋敷の門の方へ向かおうとしたが、ふと足を止める。

広い畑の、屋敷に近い一部分で、群生した薬草が風に揺れているのを見つけたからだ。

羽水はその前まで行ってみて、大きく目を瞠る。

「すごい！　薬草が、こんなにたくさんっ……」

故郷の龍神山で巫子として暮らしていたときには、村人の病気を診《み》たり、購入した薬草を使って薬を調合し、その薬を分け与えたりしていた。だから、目の前に、とても貴重な薬草が何種類も植えられていると、羽水には判別できた。

まるで『薬草畑』のような光景に、ただ感心し、驚くばかりだった。

「どうして、ここにこんなにたくさんの薬草が……？　このお屋敷の管理者の考えで、植えているのですか？　ずいぶん、希少な種類ばかりのようですが……」

「いや……」

隣を見上げた羽水に、陽は即座に首を横に振る。

「では、薬草の栽培は皇城の指示で……？」

「いいや、それも違う。ここの薬草は……屋敷の管理者が何代にも渡って、昔ここに住んでいた皇帝夫妻が植えたものを、そのまま育てている」

「え、昔の皇帝夫妻が植えたもの……？」

「そうなんだ」

陽は胸に抱いた小さな人間姿の汪を、よしよし、とやさしい声であやしながら、彼の頬に自分の頬を強くすりつけた。

そうやって、息子の汪を猫可愛がりしつつ、羽水に微笑みかけてくる。

「昔この屋敷に退位後に住んだ、皇帝とその妻がいたと話しただろう？　二人は俺たちと同じように、男同士で結婚していた、と……。その、皇帝の妻という人物が、実は、薬師《くすし》だったのだ。結婚前は、下町の実家で薬師として働いていた」

「薬師……？」

「それで……その妻が、この畑の一部で薬草を育てていたそうだ。薬草を調合した薬で、近所の者たちの病を治してやったりしていたらしい。その遺志を継ぐために、ここの薬草は当時のままにしてあると聞いた」

「そ、そうだったのですか……」

羽水は、初めて聞く話に驚きながらも納得して頷いた。

「そういえば、皇城にも、広い薬草畑がありますよね。確か、ずっと昔、後宮だったという場所に……。初めて見たとき、あまりにたくさんの種類が植えられていて、驚きましたが……」

「あそこに薬草を一番はじめに植えさせたのも、俺が今言ったのと同じ皇帝の妻だ」

「そうだったのですね」

「俺が出会えた運命の相手が……お前が薬草での治療に長《た》けた者であったのも、そのような先祖の導きなのかもしれない。そう思わないか？」

陽からうっとりとした笑顔を向けられて、羽水は照れ臭くてたまらなくなる。

「そ、それは……僕には、よく分かりませんが……」

これまで自分が知らなかった皇家の歴史を知り、よりいっそう、皇帝である陽の一族の一員になれたような気持ちになれて、うれしい。

羽水は薬草畑を見回しながら言った。

「ここの薬草を、ちょっと摘《つ》んでいってもいいですか。食べられる……お浸しにすると美味しい薬草もありますし、魚料理の薬味として使えるものもありますので」

「そうなのか？　では、そうしてくれ。俺も手伝おう」

「はい」

羽水が頷くと、陽の胸に抱かれている汪も身を乗り出してくる。

「母上、僕も手伝います」

「うん……じゃあ、汪もいっしょに薬草を摘もう。ほら、これと同じものを集めて」

陽が両手で地面に下ろした汪に、羽水は、畑に植わる薬草のうちの一種類を摘んでみせた。

三人で三種類の薬草を摘み、集めたそれらは汪に持たせる。

その後、家族でいっしょに畑をあとにして歩き出した。土塀沿いの道を屋敷の門の方へ向かっていたとき、前方から早足で道を歩いてくる男女の姿が見えた。

庶民的な着物を身につけており、近くに住む農民の夫婦のようだった。

父親が四、五歳くらいの男の子を背負って歩き、子供の母親らしき女性が心配そうな顔で付き添って歩いている。眉尻を下げた二人は先を急ぎ、不安げで焦っているような表情だった。

「あ……？」

羽水が足を止めると、薬草を抱えた汪を胸に抱いている陽も立ち止まる。

あっという間に近づいてきた夫婦は、羽水たちの横を通り過ぎ、夕暮れの薄暗くなってきた一本道を急ぎ足で歩いていく。

「あの人たちは、この村の人でしょうか……？」

羽水はなんだか気になり、振り返って夫婦の背中をじっと見送った。

陽も気になるのか、同じように背後へ向き直り、二人を見つめる。

「おそらく、この近くの者だろう。父親が、幼い子供を背負っていたな。眠くなってしまったのを背負って家に帰る……という様子ではなかった、なにか焦っていたようだ」

「あっ！　もしかしたら、あの子は病気なのかもしれませんっ。それで、背負って……」

羽水はその可能性に気付き、ハッとした。

「子供の顔は見えなかったから、苦しそうかどうかは分かりませんでしたが。そういわれてみれば、ぐったりしていたようにも見えましたっ。僕、ちょっと声を掛けてきます！」

羽水は地面に手提げ籠を置き、ダッと走り出す。
四、五歳くらいの子供を背負った父親と母親の二人には、すぐに追いついた。屋敷の横に広がる大きな畑のちょうど端の辺りで、汪を抱いた陽もあとを追ってきてくれていっしょに話をする。

最初、夫婦は見知らぬ相手から話しかけられたことに、ひどく戸惑った顔をしていた。

やはり先を急いでいるようで、少しの時間も無駄にしたくないという素振りだった。

だが、羽水が、もしかして子供の体調が悪いのではないかと訊《たず》ねると、不安そうに顔を見合わせたあと、母親が答えてくれた。

「昨夜遅くから、熱を出して……。今日になっても、熱がどんどん高くなっていっているようで……心配でたまらなくて」

やっぱり、と思った羽水は、父親の背中に負ぶわれた子供の額に手を伸ばす。

触れてみると、あまりに高い熱で、思わず息を呑んだ。汗を搔いて苦しそうに目を閉じている子供の顔を確認していると、彼を背負った父親が早口で言う。

「これから隣にある集落を越えて、その先の町の医者に診せに行くんだ！　日が暮れたら診てくれないかもしれない。急いでいるから、これでっ……」

「あ、待ってくださいっ！」

素早く踵《きびす》を返して歩き出そうとした父親を、羽水はとっさに呼び止めた。

眉を寄せて振り返った彼の目をしっかりと見て、強い口調で説得するように言う。

「うちに医師がいますから、診てもらってください。この状態で息子さんを長く移動させたりしたら、ますます病が悪くなりそうですから」

「い、医師が……？」

羽水の言葉が信じられないと言いたげに問いかけてくる父親と、不安げな顔で見つめてくる母親。その二人に、羽水は、はい、と真剣な顔で頷いた。

そして背後を振り返り、すぐそばに建つ屋敷を目で指す。

「家は、あそこです。僕たちは今日ここに来たばかりですが、医師を同行させているので……。今は少し離れた宿泊場所にいますが、すぐに呼び寄せられます」

「では、あなた方は、皇城に関係する方たちなのですか……？」

羽水たちが滞在しているのは、村の中でもひときわ立派な屋敷だ。詳しいことは知らないのだろうが、百五十年以上も前から皇城の管理下にあることは、村で知られているようだった。

戸惑って顔を見合わせる二人に、羽水は力強く頷いた。

「そうです。同行しているのは皇城の医師ですから、腕は確かです。安心して息子さんの治療を任せていただけると思います」

「皇城の医師っ……？」

夫婦は一瞬、表情をパッと明るくしたが、すぐにその顔を曇らせる。

二人は辛そうに眉を寄せ、羽水に重い口調で言った。

「ですが、私どもは、その……持ち合わせが、そんなには……。とても、皇城のお医者様なんて立派な方に、息子を診ていただくことはできないかと……」

「治療費のことなど、気にしないでください」

羽水は、夫婦の費用に対する不安を払拭《ふっしょく》しようと、畳みかけるように言う。

「僕たちの専属の医師ですから、僕たちが治療して欲しいと言えば、全力で治療をしてくれます。あなた方からは、治療費などは一切、いただきませんから」

「で、でも……」

「陽様……そういうことで、いいですよね？」

「ああ、もちろんだ」

汪を胸に抱いた陽が神妙に頷いた。

幼い息子を背負った父親が、縋《すが》るような目で羽水たちを見つめてくる。

「ほ……本当に、いいのですか？　息子を……診ていただけるのですか？」

「はいっ！　ですから、早く、こちらについてきてくださいっ」

羽水は踵を返し、早足で屋敷の門の方へ向かう。

汪を抱いた陽、病気の息子を背負った父親、そして母親がついてきた。

屋敷の中に入り、居間の右手にある一番近い部屋へ案内する。

病気の男の子を寝台に下ろして寝かせたちょうどそのとき、陽の側近の口燕が、様子うかがいのために訪ねてきた。

陽が彼に医師を連れてくるように命じ、しばらくすると口燕が医師とともに戻ってきた。

羽水や陽、汪、男の子の父母が見守る中、医師による診察が行われて――。結果は、風邪をこじらせて肺炎を起こしかけている、とのことだった。

まだ幼くて体力がないため、急激に病状が悪化してしまったのだろうと、医師は説明した。

高熱で意識が朦朧《もうろう》としている男の子に、医師は持参してきた薬の中の一つを、水とともに飲ませた。薬を飲んでほどなく、息が荒く苦しそうだった男の子は、いくらか安らかな顔つきになり、静かな寝息を立てて眠り始めた。

あとは、栄養のあるものを食べさせ、休息させることしか、できることはないという。

薬をきちんと飲み続ければ、おそらく三日ほどで熱が下がり、一週間もすれば完治するだろうとのことだった。羽水は一週間分の薬を、男の子の父母に渡してあげて欲しいと頼んだ。

医師が薬の調合のため、いったん近くの宿泊場所に戻ることになった。

彼に付き添って口燕も屋敷から出て行き、羽水はようやくホーッと深い安堵《あんど》の息を吐く。

寝台の上に寝ている男の子の額に、そっと手を当ててみた。まだ熱はかなり高いが、すぐに命を失ってしまうかもしれないという状態ではない。薬を飲んで安静にしてさえいれば、ほぼ大丈夫だという医師の見立てで、本当によかったと思った。

隣で同じように安堵している夫婦に、静かに微笑みかける。

「ずいぶんと落ち着いたみたいで、よかったです」

「本当に……なにからなにまで、お世話になってしまって」

恐縮する夫婦に、羽水はそばの椅子に座るよう勧めた。

「こちらに座ってお待ちください。それで、あの……ご自宅は、ここから近いのですか？」

「いえ、それほどは……。うちは村の外れですので、ここからは少しかかります」

「でしたら、この子といっしょに一晩、ここに泊まっていかれたらどうですか。まだ熱が高いので、あまり動かさない方がいいかと思うのですが」

「えっ、ここにっ？」

男の子の父母は目を瞠り、あわてたように首を横に振る。

「ま、まさか、そんなことまでさせていただくわけにはっ……。だ、大丈夫です、お医者様が戻られたら、私たちはすぐにこの子を連れて帰りますのでっ！」

「でも、まだ熱が……心配です」

羽水はそう言って引き止めようとしたが、二人の意思は固いようだった。

せめて馬車を使ってください、と申し出て、それは夫婦に、盛大に恐縮されながらも了承してもらえた。だが、羽水はやはり、男の子の体調が心配だった。

（大丈夫かな……？　こんなにぐっすり眠っているのを、無理矢理起こして連れて帰ったりしたら、間違いなくこの子にとって負担になるよね……）

帰宅後に、症状が悪化するようなことに、ならなければいいのだが……。もし、なにか異変があったらすぐに知らせてくれるように、夫婦に頼んでおこう。

羽水がそう思いながら口を開きかけたとき、そばに立っていた汪がすっと前に出た。

「あ、汪……？」

彼は大人たちが見守る中で、男の子が寝ている寝台のそばまで歩いていく。そして頭部の方で立ち止まり、寝台の端から男の子の顔をじっと見つめた。

そのあと無言のまま、手をやさしく男の子の額に当てる。

「……？」

なにをしているのか分からず、羽水は陽と顔を見合わせた。

男の子の父母も、ただ戸惑って、汪の様子を見ている。

呼吸を十回ほどするくらいの長い間があり、汪の手が男の子の額から静かに離れた。汪は羽水の方を振り返って見上げ、ニコッと愛らしく微笑んだ。

「もう熱はありません」

「っ？」

息を呑む羽水に、汪は父親の陽に似た自信に満ちた口ぶりで言う。

「病気も治っています。これで、すぐにでも家に帰れます」

「え？　な、なに言って……」

羽水が汪の方へ近づいたそのとき、男の子がパチッと目を開けた。

思わず足を止めた羽水の前で、その五、六歳くらいのまだ幼い彼は、ムクリと上半身を起こして寝台の上に座る。

それを見た母親が走り寄り、男の子の背中を支えるように抱いた。

「お前、そ、そんな、急に起きたりして大丈夫なのっ？」

「お母さん？　ここ、どこ……？」

キョトンとした顔で見上げる男の子に、心配顔の母親が早口で問う。

「身体は辛くないのっ？　熱があるんだから、気分が悪いでしょう、寝ていなさいっ……」

「ううん。身体は辛くないし、気分も悪くないよ」

「えっ……？」

「どうしてだろう？　さっきお父さんに背負ってもらっていたときは、身体が熱くてダルくてすごく辛かったのに。今は、まったく平気だよ……」

自分でも不思議だと言わんばかりに、男の子は瞳を瞬かせていた。

不審そうに眉を寄せた母親が、恐る恐る、息子の額に手を当てる。次の瞬間、彼女はパッと顔を輝かせて夫を振り返った。

「あなたっ、本当に熱が引いているわっ！」

「なにっ……？」

父親も息子に駆け寄り、彼の額に手を当てて、おお！　と歓声を上げる。

夫婦はお互いに手を取り合い、涙を流さんばかりに喜んだ。よかった！　よかった！　と部屋中に響く大声で叫んでいる。

羽水は、まさかと思い、自分も男の子の額に手を当ててみた。

そして息を呑み、視線を揺らす。

（えっ？　嘘みたいだ！　あれだけの高熱が、今はすっかり引いているっ……？）

手のひらで測った体温は、どう考えても子供の平熱だった。

そればかりでなく、男の子は羽水が手を離すと、すぐに寝台から床に降り立つ。脱がされていた靴を履き、父親の脚にギュッと抱きついた。

「お父さん、お母さん、ねえ……家に帰りたいよ。家に帰ろう……？」

「あ、ああ……」

どうして、と呆然《ぼうぜん》としている羽水の方を、夫婦がうかがうように見つめてくる。

「あの……この状態なら、すぐに連れて帰っても、問題はありませんよね……？」

「え、ええ」

「先ほどお医者様が飲ませてくださったお薬が、こんなに早く効くなんて……。とてもよいお薬だったのですね、なんてありがたい……」

「……」

夫婦は羽水と陽、そばに立つ汪に向かって、泣き笑いの顔で深々と頭を下げた。

羽水は彼らではなく、父親の脚にしがみついている男の子ばかり見ていた。

顔色もよく元気そうな彼は、高熱が引いただけでなく、病そのものも一瞬にして治ったかのようだ。それがどうしても不思議で、納得がいかなかった。

（薬の効果じゃない……。確かにいい薬だけど、さっきのこの子の状態だったら、医師が言ったとおり、熱が引くまでに少なくとも二日ほどはかかるはずだ……）

以前、故郷の龍神山で、多くの村人の病を治療していた経験からそう思った。

しかし、薬の効果でなかったとしたら、なにが原因なのだろう。

これほど急に病が治るなどという事態は、通常ではとても考えられない。もちろん、羽水もこれまでに一度も経験したことがない。

（なにか、特別な力が働いたとしか思えない。なにか……って、まさか、汪の……？）

その考えがふと心に浮かぶと同時に、胸がドキンッ！　と痛いくらいに鳴った。

自分の足元に立つ汪を、羽水は複雑な思いを抱えてじっと見下ろす。

男の子が元気になったことを喜んでいるのか、汪はうれしそうな顔をして男の子と夫婦の方を見つめている。

その姿は、まだ幼くてあどけない。どこにでもいる普通の子供のように見える。

だが――。

汪が『不思議な力』を見せたのは、実は、これが初めてではない。

これまでに何度か、常人ではできないことをやってみせたことがある。水を自由自在に操って陽の弟の夢々《むむ》を助けたり、扉を閉めて開かなくさせたり、知人の来訪を予知したり。

これまで羽水は、それらはたんなる偶然が重なったことによって起こった出来事かもしれないと思って、深く考えないようにしてきた。

もしかしたら、大人になる前に消えてしまう、不確かな能力かもしれないのだし――。

そう思って、汪の特殊な力を、羽水と陽は心のどこかで認めないようにしていた。

だが、今回は、息子の汪の力が人のそれを遙かに越えており、かつ確実なものであることを証明する、決定的なものを見せつけられた気分だ。

（やっぱり、今回のこれは汪の力……？　汪が触れたから、この子は治ったの……？）

そう年の変わらない汪と男の子を交互に見ていると、屋敷の玄関の方で人の気配がした。

ハッとして顔を上げた羽水の隣で、陽が玄関の方へ顔を向ける。

「医師と口燕が戻ってきたようだな」

彼は父親の脚に抱きついたままの男の子を、朗らかな笑顔で見下ろした。

「この様子なら、薬を受け取ってすぐに家に帰っても問題ないだろう。ただ、外はもう暗くなっている。先ほど羽水が勧めたとおり、馬車を使うといい」

「あ……父上、待ってください」

玄関の方へ皆を促そうとした陽は、汪のその言葉で足を止める。

汪はいったん居間の方へ走っていき、卓台の上に置いてあった大きな風呂敷包みを解いた。

中に入っていた五、六種類のお菓子を取り出し、その中から両手いっぱいくらいの量を紙で包んで、大事そうに手に持って戻ってくる。

そして、男の子の前まで行き、笑顔でそれを差し出した。

「このお菓子をあげる。美味しいから食べて」

「いいの？　ありがとう」

男の子もパッと笑顔になって受け取る。

彼の父母があわてて、菓子を汪に返させようとした。だが、陽が、息子の心遣いだから受け取ってやってくれ、と微笑んで促すと、二人は恐縮しつつ男の子に受け取ることを許した。

その様子を見た羽水の胸は、温かなもので満たされていく。

（囲方が買ってきてくれたお菓子だから、きっと、どれも汪の大好物のはずなのに。あの子が病気で辛い思いをしたあとだから、分けてあげたいって思ったんだ……？）

やさしい子に育ってくれている――。

そのことにうれしい気持ちになりながら、皆とともに玄関へ向かった。

口燕に付き添われて戻ってきた医師から薬を受け取り、男の子の父母に渡す。すっかり日が暮れて暗くなった外を、男の子とその父母を乗せた馬車が去っていくのを見送ったあと、陽は医師を宿泊場所へ帰した。陽は側近の口燕にも、彼が護衛のために泊まる予定になっている、屋敷のすぐ隣にある小さめの家へ向かうように言い、口燕はその言葉にすぐに従った。

羽水は、先ほど道に置き忘れてきた手提げの籠を拾いに行った。

いっしょに来てくれた陽と彼に抱かれた汪と屋敷の中に戻り、居間の卓台の上に籠を置く。

なんだかずっとバタバタしていたが、ふうーっ、と深く息を吐いたら、ようやく気持ちが落ち着いてきた。そうすると、どうしても確認しておきたくなる。

(さっきの男の子が急によくなったのは、どうしてなのか……。汪の力が原因なのかどうかだけでも、はっきりさせておきたい……)

これまでは、汪の特殊な『力』については、あやふやにしてきたけれど——。

羽水は心の中で決意を固めた。卓台に近づいてきた陽が自分の胸から下ろし、椅子の一つに座らせた汪を、立ったまま真剣に見下ろしてから言う。

「汪、ちょっと訊きたいことがあるんだけど……」

羽水は居間の床に膝をつき、椅子に座っている汪とやさしく目を合わせた。

「さっき、男の子の熱が急に下がったよね……?　かなり重症に見えた病も、お前が額に触れたとたん、すっかり治ったみたいだったけど……。あれは、お前がやったの？　汪……お前は、あんなふうに人を治すことができるの……？」

「それは、その……いつも、ではありません」

汪は、戸惑ったように何度か瞬きをする。

質問の意図がつかめないのだろう。目の前に膝立ちになっている羽水と、そのそばに立つ陽を見上げて、おずおずと答えた。

「今日はできるような気がしたので、やってみました。それに、あの子が熱のあるまま帰るのは、きっと辛いだろうと思ったから……」

「汪、他にも……これまでに、他の人にも、同じような治療をしたことがある……？」

羽水は、ほぼ予想していたことではあるが、やはりそうだったのか、という驚きとともに、汪にさらに問いかける。

汪はますます戸惑ったように見つめ返してきて、コクン、と小さく頷いた。

「人ではありませんが、小鳥になら……。以前、皇城の庭で遊んでいたら、翼を怪我して飛べなくなっていた小鳥を見つけたのです。治してあげたいと思って触れたら、血が出ていた傷がすぐに治って、元気になって……。その小鳥は、空に飛んでいきました。きっと、家族の待つお家に帰ったのだと思います……」

「……」

「あの、いけなかったのでしょうか」

椅子に座る汪は、不安そうに眉尻を下げる。

「小鳥や人に、僕が触れて治すのが、いけないことだったのでしたら……もうしません。これからは、母上が怒るようなことをしたりしませんから……」

「あ……ううん、いいんだよ」

羽水はハッと我に返り、笑顔で首を横に振った。

きっと汪は、母である羽水の様子が先ほどからおかしいことから、怒られていると誤解したのだろう。それは違うと、羽水はやさしく微笑んで否定する。

「大丈夫、汪は悪いことをしたわけじゃないんだから。汪のしたことはいいことだよ、だからこれからも続けていいんだ。僕はただ……汪のそういった力を初めて見て、少し驚いちゃっただけで。それで、つい、いろいろと訊いたりしちゃったんだよ、ごめんね……。母様は汪のことを怒ってなんていないから、安心して」

「本当ですか……？」

「うん」

「じゃあ、汪のことをギュッとしてください」

息子の望みを叶えて、羽水は椅子に座る汪をギュッと前から抱きしめた。

白い仔虎姿のときと変わらず、ふにゃふにゃとやわらかく、幼子のよい匂いがする。その身体をありったけの愛情を込めて強く抱くと、汪も必死に抱きついてきた。

甘えているのだな、と思うと、心が蕩《とろ》けそうに温かくなる。

（ふふ、汪ってば可愛い。本当に、食べちゃいたいくらいだよ……）

しっかりと抱き合い、たっぷりと長い時間をかけて、自分の体温とともに深い愛情を汪に伝えてから、そっと身体を離した。

目の前の椅子に座るまだ幼くあどけない汪は、幸せそうに目を細めて微笑んだ。

羽水も微笑み、彼の額に、軽く、ちゅ、と口付けをする。いつまでも最愛の息子と見つめ合っていると、陽が羽水の肩にやさしく手を掛けた。

「羽水、邪魔をして悪いが……」

首を捻《ひね》って見上げた羽水に、そばに立つ陽は、申し訳なさそうな苦笑を浮かべる。

「すっかり日が暮れ、時間も遅くなってしまった。汪もそろそろ、腹が減っただろう。できれば、夕飯にしたいんだが……」

「あ、はっ、はい！　では、すぐに用意しますねっ」

羽水は急いで立ち上がり、川魚の入っている手提げの籠を手にして、土間にある炊事場へと向かった。

愛する家族に、早く美味しい料理を作ってあげたい、という気持ちでいっぱいだった。


その日の夕食後、羽水は奥の部屋から、裏庭の月を見上げていた。

開け放った窓扉のすぐ内側の床に、脚を崩してゆったりと座って……。そのすぐ横には、夫の陽も片膝を立てて座り、くつろいでいる。

先ほどから、二人だけの静かな時間を過ごしているのだ。

「夜風が、すごく気持ちいいですね」

山からの涼しい風が、羽水の首の付け根まである薄茶色の髪を揺らす。その心地よさに目を細め、うっとりとした。

静寂の中で、裏手の川が流れる水音と木々の葉擦れの音が耳にやさしく、心が落ち着く。

「それに、月もとても美しいです。吸い込まれそうにきれいな満月で……」

「そうだな」

「ここは本当に自然に恵まれていて、素敵な場所ですよね……。まだ一日目ですが、汪もここを気に入ったようで、伸び伸びと行動していて、そのことがとてもうれしいです。ここに来てよかった、と改めて思います」

「俺もそう思っている。お前と汪と、ここで過ごせることになってよかった、と……」

陽は微笑んでそう言うと、背後の室内を振り返った。

部屋の奥の壁に寄せられた大きな寝台には、汪がすやすやと眠っている。彼の方を見て、陽の微笑みがさらに蕩けそうに甘くなった。

「汪はぐっすり眠っているな。いろいろと初めての経験をして、疲れたのだろう」

「はい」

羽水は隣の陽の方を向き、微笑んで頷く。

いっしょに月を見よう、と誘ってくれたのは、陽の方からだ。ちょうど、夕食後に居間からこの部屋に移動し、寝台に汪を寝かしつけたときだった。

二人で夜着に着替え、窓扉を開け放って夜風を浴びながら月を観賞することになった。

自分の手作り料理をたらふく食べて腹がポンポンになっていた息子の汪の姿を思い出し、羽水はクスッと笑った。

「夕食でいただいた川魚……陽様が獲ってくださったお魚、とても美味しかったですね。汪もたくさん食べていました」

「確かに美味かった。だが、それはお前の味付けがよかったせいだろう」

陽の言葉に、羽水は、とんでもない、と首を横に振る。

「味付けといっても……薬草と塩を振りかけて、焼いただけですから」

「それでも、味付けは絶妙だったし、焼き加減も最高だったぞ。身がふんわりとしてやわらかく、臭みも消えていて」

うんうん、と真剣な顔で頷く陽に、羽水は照れ臭さをこらえて言った。

「そうですか……？　そう言っていただけると、うれしいですけど……」

「また明日も、お前の作った美味い料理を食べさせてくれ。汪といっしょに川遊びをして……そのときに、俺が魚をたくさん獲るから」

「はい……汪も、また川遊びができるのを楽しみにしていると思います」

羽水は、たまらなく幸せな気持ちに包まれて頷く。

これまで、羽水はあまり料理をしたことがなかった。嫁入り前には巫子として生活し、食事はほとんど寺院の厨房で雇われた者たちが作ってくれていた。都へ来てからは、皇帝の妃として暮らし、普段は自分で料理することはない。

だが、簡単な炊事ならば、龍神山で暮らしていたときに何度かしたことがある。

だから基本的なことはできたのだが、それに加えて、羽水は今回の旅行が決まったときから、皇城の料理長に教えてもらい、料理の練習をしてきた。

その成果か、今夜作った夕食は――よい炊き具合だった白いご飯はもちろん、汁物や、野菜の煮物、川魚の焼き物といったものすべてが、陽と汪に大好評だった。

(こういうのもいいよね、なんだか……普通の、一般の家庭みたいで……。陽が皇帝じゃなかったら、僕たちはこんな家で、こんなふうに暮らしていたのかもしれない……)

普通――という言葉が心に引っかかり、汪のことを思った。

まだ幼い汪も、自分が皇帝の息子だということは、すでに理解しているだろう。

それに加え、今日さらに新しく判明した、他者とは違う特別な『治癒の能力』を持っていることを、汪はこれから育っていく過程で、どう受け止めていくのだろう。

羽水は急に、そのことが心配になってきた。

水を操ったり、予知をしたりする能力よりも、『治癒』の力は、生き物の生死に直接関わってくるだけに、汪の考え方や将来の道の選び方に深く影響を及ぼすのではないかと思えた。

（もしかしたら、将来……皇帝になるより、自分の『力』の方を生かしたい、って。そんなふうに考える可能性も、ないとはいえないよね……。もし、汪が、自分が天から特殊な『治癒の力』を与えられたことを、すごく重く受け止めたら、の話だけど……）

ふう、と肩でため息を吐くと、隣から陽が心配そうに見つめてきた。

「どうした、羽水？　なにか、気がかりなことでもあるのか？」

「あ、は、はい」

羽水はハッと我に返り、陽に微笑んだ。

「実は、今日の、汪のことを考えていて……」

「……？」

「あの……今日の夕方、熱を出していた子の病を、汪が治してしまいましたよね」

「ああ、そのことか……」

黄色い月明かりを浴びている陽が、その美しい紫色の瞳を細める。

「あれを見ると、やはり汪には特殊な力があるようだ。これまでもお前と話していたとおり、その力が大人になっても残っているかどうかは、今の時点では分からないが……」

「はい……」

これまでにも何度か、羽水と陽は、汪の『力』を目の当たりにしてきた。

だが、そのたびに、『とりあえずは、様子を見よう』――と。

陽とそう決めて、これまで汪を見守ってきた。

だが、今日見た汪の『治癒』の力は、命に関わる能力で、この世界に与える影響が大きい。

陽もきっと、これまでに見た能力よりも重く受け止めているだろう。

「今日見た『治癒』の力は、お前から受け継いだ血の作用なのだろうな」

陽は神妙に羽水を見つめたまま、自分の言葉に頷く。

「つまり、神龍の……」

「そ……そうなのでしょうか？　でも、僕には神龍の力はありません。そんな僕から、子供の汪が神龍の力を受け継ぐなんて、そんなことがあるのでしょうか」

羽水の口調は、つい、深刻なものになってしまう。

「今日判明した力は、陽様から受け継いだ虎の血の作用の、一つとは考えられませんか？」

「どうだろうな」

陽は顎に手を当て、考え込む仕草をした。

「ぜったいに違う、とは言いきれない。だが、俺の家系には、昔から、汪のように水を操ったり、予知をしたり……他人の病や傷を治癒したり、といった能力を持った者は、一人も生まれていない。だから、神龍の血の作用だろうと思う」

「それは……」

陽の言葉で、そうかもしれない、という思いが強くなり、羽水は口を噤《つぐ》む。

すぐにまた心配の気持ちが、胸にむくむくと膨《ふく》らんできた。

「でしたら、汪の今回の力は、僕から受け継いだ血の作用かもしれません。でも、それはともかく、治癒ができるなんて、とても大それた力だと思います。もし、汪が大人になっても、その力が消えていなかったら……。僕は、汪の将来がすごく心配です」

「心配……？　それは、他人と違うことで悩むだろうから、ということか……？」

「そうではなくて……」

羽水は首を横に振り、先ほど浮かんだ不安を言葉にして陽の前にさらす。

「もちろん、その心配もあります。でも、そういった不安や悩みは、汪が皇帝になる身分であることからも、生じるものです。汪が自分自身で、なんとか克服《こくふく》していかなくてはならないもので……汪は必ず克服できると、僕は信じています。そうではなく、問題は……僕が心配しているのは、汪がもし、天から与えられた神龍の力の方を……『治癒』の力の方を、次期皇帝という身分よりも重く受け止めるようになったらどうしよう、ということです」

「ふむ」

陽が首を少し傾げてしばらく考え込んだあと、慎重な口調で問いかけてきた。

「それはつまり、汪が将来、皇帝となることを望まないかもしれない、ということか？　治癒の力で、人々を救って生きていくことの方を選ぶかもしれない、と……？」

「はい」

自分が言いたかったことを正確に言葉にしてくれた陽に、羽水はゆっくりと大きく頷く。

「ありえない話ではないな。なにしろ、汪はお前に似て慈悲深い」

「汪は第一皇子で、皇位継承者なのに……。将来、そんなことになったら、皇城も……そして陽様も、困ってしまいますよね？」

「う～む……」

肯定とも否定とも取れない沈黙があり、涼しい夜風が、陽の黒髪をふわりと揺らした。

月明かりに照らされて黙ったまま、羽水とじっと見つめ合い……陽は、その精悍な頬をふっと緩め、羽水ににこりと微笑みかけてくる。

「まあ、そうなったらそうなったで、いいのではないか……？」

「えっ……？」

視線を揺らした羽水に、陽は明るく言った。

「皇帝位を蹴ってまで、汪に、自分はこのようにして生きていきたい、と思える道が見つかったなら、それは喜ばしいことだ。汪の将来の選択がどういったものであれ、俺は汪の意思を尊重してやりたいと思う」

「……」

あまりに思いきりのよい返事に、羽水は、もうそれ以上『でも』と言えなくなる。

陽は微笑みに苦笑を混ぜて、言葉を続けた。

「ただ、汪は皇帝となるのが一番いいと思うがな」

「え……どうしてですか？」

「やさしいからだ」

陽の視線が、隣に座る羽水から、二人の背後の寝台に眠る汪の方へと移る。

「さっきは……夕方は、あの子が男の子の熱を下げたことはもちろんだが、自分の大好きな菓子をたくさん分け与えたことに、俺はいたく感心した。きっと、汪はお前から、他者を深く思い遣る心を受け継いだのだ。……その心は、皇帝としてこの国を治めるときに一番大事なものだと、俺は思っている。だから、汪は皇帝となるのが一番よい道だと思うのだ」

「陽様……」

羽水も先ほど、汪がお菓子を渡したとき、とても誇らしい気持ちになった。

陽も同じように感じ、息子の汪がやさしく成長していることを喜んでくれていたのだ。そう分かって、羽水の胸はうれしさでじわじわと熱くなる。

（陽様……陽様は、汪のいいところをよく見てくださっている。そのままの汪を、広い心で愛して認めてくださっているから……きっとこの先、なにがあろうと大丈夫だ……）

大人になった汪がどんな道を選ぼうと、自分も陽とともに応援したい。

羽水がそう心に決めていると、陽が再び微笑みかけてくる。

「しかし、すべては、遠い未来の話だ。そのときになったら、また考えればいい」

「は、はい……。僕も……陽様と同じように、汪の将来の選択を信じて、認めてあげられるようにしたいと思います」

「うむ」

陽は満足そうに頷いてから、ふと気付いたように言う。

「ああ、ただし……将来、皇帝となる跡取りが一人もいないというのは、さすがに困るな。そう思わないか、羽水」

「あ……はい。そうですね、それは……」

羽水が神妙に頷くと、陽は悪戯っぽく目を細めた。

「もし、汪が将来、皇帝にならなかったとしても……自分が皇帝になりたい、と思う子が、俺たちの間に、他にいてくれれば安心だ。そのためには、たくさんの子を作らなければな」

「た、たくさんの子……ですか？」

「そうだ。汪の他にあと十人もいれば、まあ、なんとかなる。そのうちの一人くらいは、俺の跡を継いで皇帝になりたい、と思ってくれるだろう」

「じゅ、十人……？　あ、陽様……？」

あまりの数の多さに息を呑んだ羽水に、陽が微笑んだ顔を近づけてくる。

前から抱きしめられたと思ったら、羽水はやさしく背後に押し倒されていった。伸しかかってきた陽と重なり合い、仰向けにドサッと床に倒れ込む。

やんわりと陽の手につかまれた手首を、顔の横で床の上に縫い止められた。

陽の身体の熱さにドキリとしたとき、陽が羽水の腰の上に馬乗りになるようにして座り、愛に溢れた甘ったるい眼差しで見下ろしてくる。

「羽水、だから……早く、次の子を作ろう。たくさん子供を作っておかないと、皇帝となる子を確保できないかもしれないぞ」

冗談めかして言った陽の顔が、羽水の顔に重なってきた。

ちゅ、と唇に軽い口付けを落として。

陽は何度か、ちゅ、ちゅっ、と啄《ついば》むような口付けを羽水の唇に浴びせた。

口付けされた場所から、四肢の先まで熱く溶かされるような気がして……そのうちに、羽水の頭の中は心地よさでぼんやりとしてくる。

自然と半開きになった唇の間に、陽がやわらかな舌先を入れてきた。

その熱く濡れた舌で、口の中を舐め回される。舌を何度も甘噛みされ、根本から強く吸われて、ゾクゾクッと腰に震えが走った。

繰り返される深く濃厚な口付けに、羽水はうっとりと身を任せる。

「う、ぅん、ん……」

陽の広い背中に手を回し、ありったけの愛情を込めてしっかりと抱いた。

誰よりも愛している陽との、甘く蕩けるような口付け。

羽水はいつの間にか我を忘れ、自分の方からも、夢中で陽の唇と舌を吸っていた。顔の角度を変え、口の中のあちこちを舐め合う。そのたびに、ぴちゃ、ぴちゃ、と唾液の音が立ち、羽水は恥ずかしさに頬を上気させた。

やがて、陽が唇を離す。彼の手が羽水の着物の衿《えり》にかかり、そっと左右に割った。

「羽水……」

甘く囁くような声とともに、陽の唇の熱が羽水の胸に落ちる。露《あらわ》にされたそこを愛しそうに吸われたとき、羽水はハッと我に返った。

戸惑いと羞恥を滲ませた瞳で、自分に伸しかかる陽を見上げる。

「よ……陽様、あの、ここで……？　汪がすぐそこで……」

眠っています、と言いたかったが、陽がそれを遮った。

「大丈夫だ、ぐっすり眠っている。それに、少し離れているから、起きたりしないだろう」

彼は、部屋の奥にある寝台の方をチラッと見て言う。

陽は本当に、これからここで愛し合うつもりのようだ。

それが確かになって、羽水は照れ臭い気持ちでいっぱいになり、上からぴったりと重なっている陽の身体の下でモゾッと身じろぎした。

そのとたん、陽の脚の間のものが、羽水の中心に押しつけられる。夜着の上からでも分かる、彼の雄の硬さ。直に触れたら火傷しそうなその熱さに、羽水は小さく息を呑んだ。

「よ、陽様……」

ますます頬に熱い血が上り、そっと陽から視線を逸《そ》らした。

頭の方へ折り曲げた自分の腕が床に投げ出されているのが目に入り、それに意識を集中させて、照れ臭さをこらえる。

陽はそんな羽水の頭の左右に両手をつき、甘い眼差しで見下ろしてきた。

「羽水……今ここで、お前が欲しい。俺の心だけでなく身体もそう求めていることに、今、俺に触れて……気付いただろう？」

「そ、それは、その……」

羽水はゆっくりと視線を戻し、正面にある陽の顔を見上げる。

視線が絡み合うと、陽の眼差しがさらに甘く蕩けそうになった。彼に心から愛されていると感じた羽水の胸に、熱い愛情がじわじわと湧き上がってくる。

（陽様に、こんなふうに見つめられたら、僕は……）

拒むことなんてできない、と心の中で諦めたとき、陽がやさしい声で問いかけてきた。

「いいだろう、羽水……？」

「はい……」

羽水は震える瞼を半分だけ閉じ、コクンと頷く。

床に仰向けになっている羽水の長い睫に、陽がそっと口付けを落としてきた。それから上半身を起こし、羽水の脚の間に座る。

陽は月明かりが差す床の上で、羽水の夜着を静かに脱がせていった。

いつも愛し合うときと同じ、丁寧な手つき。

腰帯を解き、夜着の前を開いて、ゆっくりと、平らな胸、ほっそりとした腕、腰、そして肌の白さが際立つ脚までを露にしていく。

羽水の身体のあちこちに、愛しそうに唇を滑らせながら、華奢な全身を裸にした。

背中が冷たくないよう、羽水の下に夜着を広げて敷いてから、陽は自分の夜着も素早く脱いでパサリと床に落とした。

月明かりに黄色く染められた男らしい裸体が、羽水の目に飛び込んでくる。

引きしまった筋肉のついた、精悍な身体つき。筋が浮いた腕が伸びてきて、その大きな手が、羽水の耳の横の髪をそっと撫でた。愛しくてたまらない、と言わんばかりの彼の微笑みに、羽水は心ごと吸い込まれそうになった。

高貴な紫色の瞳が、夜の闇の中で宝石のような輝きを持って浮かんでいるように見える。

陽の、男っぽくて豪胆《ごうたん》でありながらも知的でやさしい内面が、その瞳の美しさによく現れていると思った。

(陽様は、男らしいのに、すごくきれいだ……)

改めてぼんやりと見惚れている羽水の脚を、陽がつかんで膝から曲げさせた。

立てた膝の間で座った陽は、羽水の中心に顔を近づけてくる。あ、と思ったときには、羽水の雄が手で持たれて、彼の口の中に導かれていた。

敏感な先端を、唇と熱く濡れた粘膜が、ギュッと締めつける。

ビリッ、と電流のような甘い痺れに下腹部を貫かれて、羽水の腰が夜着の上で跳ねた。

「っ……よ、陽様……！」

陽の唇が羽水の雄を締めつけたまま、上下に動く。口の中の粘膜で扱《しご》くような刺激を受けた雄が、みるみる硬くなっていくのが自分でも分かった。

陽は慣れた仕草で雄に手を添え、それを唇で扱きながら口の中で舌を絡ませる。

熱い唾液の中で泳がされて、膨らんできた亀頭を舐め回された。

割れ目や硬い裏の筋に、ぴちゃ、ぴちゃ、と音が立つほど激しい愛撫を受け、下腹部にじんわりと痺れるような快感が広がる。

あまりに心地よくて、羽水は強張らせた身体の脇で、床に敷いてある夜着を握りしめた。

「あぁ、ふっ……ぁ、あっ」

いつの間にか自然と腰を突き上げ、より深く雄を咥えてもらおうとしていた。

同じ部屋の寝台で眠っている息子の汪が、起きるのではないか。そう心配していたはずが、そんな気がかりは高く押し寄せる快感の波に呑まれてしまっていた。

真っ白になった頭の中が、ジンジンと甘く痺れている。

陽に扱かれている雄の表皮が引き攣《つ》り、その痛みがさらに悦《よろこ》びを高めていった。

息が弾み、全身の肌に汗が浮いてくる。

甘い掠れ声混じりの浅い呼吸をし、下腹部の昂《たかぶ》りを抑え込んでいたが、ついには絶頂への押し上げに耐えきれなくなった。

「よ、陽様、もう、ダメっ……」

白く華奢な肩から腰にかけてを強張らせ、折り曲げた脚はビクビクッと足先まで震わせて。

羽水は次の瞬間、張りつめた雄を弾けさせた。

「あっ、ああああっ、あっ――――!」

陽の口の中に、熱い迸《ほとばし》りが勢いよく塗りつけられる。

ゴクン、となんの躊躇《ちゅうちょ》もなく、陽はそれを飲み下した。そして唇の間から雄を舌で押し出して口を離し、顔を上げて羽水の方を見る。

羽水は彼の上品な唇に、自分の欲望の白い体液がついているのに気付いた。

陽は羽水を甘く潤んだ瞳で見上げながら、親指の腹でそれを拭う。指先についた精液を美味そうにペロッと舐める。

まるで羽水に見せつけるかのような仕草が艶っぽくて、また羽水の頬に血が上った。

「あ……」

こんなふうに体液を飲まれるのは、初めてではない。

だが、場所がいつもの皇城の寝台の上ではないせいか、妙に生々しく感じる。胸がドキドキと熱く速打ち、なんだかとてもいけないことをしているような気になった。

(あ、も、もう、床でこんな……恥ずかしいっ……)

荒い息に胸を上下させ、部屋の天井を見上げながら、さらに頬を熱くする。

こんなふうに床で愛の行為をするなんて、まるで寝台に入るまで欲望を我慢できなかったかのようで、恥ずかしくて……。だが、それと同時に、うれしい気持ちにもなっている。

陽からそれだけ深く愛されているのだ。そのことを彼の行動で示されたようで、誇らしいような幸せな思いが、心をじわじわと温かく満たしていく。

(恥ずかしいけど……でも、陽様とこうしてすべてをさらし合っているのって、すごく安心できる。心から愛して信じられる人といっしょにいられるのって、いいな……)

羽水の意識はぼんやりとして、ふわふわと宙に浮いている気分だった。

そうしてまだ放出の余韻に浸っているうちに、陽が羽水の太腿の裏を持ち、両脚を胸の方へぐっと押しつける。羽水は、脚を開き、これまでよりも腰を床から高く浮かせて、陽の方へ谷間をさらす格好をさせられた。

陽が再び羽水の中心に顔を近づけ、窄《すぼ》まりに口をつける。

入り口から舌を入れられて、熱い内側まで丁寧に舐められていった。

羽水は、ぴちゃ、ぴちゃ、という濡れた淫猥《いんわい》な音を聞きながら、これは繋がるための準備なのだからと、心の中で自分に言い聞かせた。

敏感になり、潤み始めた窄まり。執拗《しつよう》に舐められると心地よく、喘ぎ声が漏れそうになる。

羽水は腰にぐっと力を入れ、奥歯を軽く嚙みしめて声をこらえた。

やがて、舌と指で解された内側の襞《ひだ》が、崩れそうにやわらかくなった。陽がそこから熱い舌を抜き、中をいじっていた指もズルッと引き抜く。

息を弾ませている羽水の腰を、陽が両手で抱くように持ち上げて——彼は、羽水の谷間に向けて腰を進めてきた。

硬い雄の端が、入り口にそっと押しつけられる。

濡れたその肉の熱さに、羽水はビクッと肩と背中を強張らせた。

「羽水、力を抜け。入るぞ……」

窄まりの潤んだ肉を割って、陽の雄がぐぐっと押し込められてくる。

「っ……」

「ぁ、あああ、ん……！」

下腹部を押し潰されるような圧迫感があり、身体が内部から二つに割られるように感じた。

夫婦となって、四年。何度も、こうして愛し合ってきた。

だが、羽水はまだ慣れない。痛みのような痺れのような感覚に身体の奥まで貫かれると、つい全身に力を入れてしまい、しばらくは息もできない気分になる。

そのことは、陽もよく知っている。

彼は自身を根本まで収めたあと、しばらくじっと動かずに、羽水が体内の雄に慣れるのを待ってくれた。これは、夫婦の夜の営《いとな》みではいつものことだ。

熱く乱れた二人の息が、月明かりと静寂の中でいやに大きく聞こえた。

「そういえば、もう二年も前になるのか……」

陽が、ふと気付いたように言う。

「龍神山に住む、お前の弟が……伊地《いち》が、俺とお前の間に『五つ子が生まれる』と予知しただろう? 手紙にそのことが、書き添えてあって……」

「あ、は、はい」

羽水は陽の雄を受け入れたまま、自身の曲げた膝の間から彼の顔を見上げた。

その精悍な頬を月明かりに照らされた陽が、汗に濡れた黒い前髪の向こうで、男らしい艶を滲ませて、にこりと微笑む。

「そろそろ、あの予知を現実にしようではないか」

「え……」

「次に生まれる子供が五つ子なら、きっと、跡取りの問題も一気に解決する。汪が将来、皇帝となること以外の道を選んだとしても、なにも心配はいらなくなるだろう」

だから、今夜これから五つ子を作ろう、と。

そう言われているのが分かり、羽水は照れ臭くなった。とても陽の顔をまともに見られない気分だったが、勇気を出しておずおずと見上げる。

「で、でも、次に生まれる子供も……いえ、五つ子だったとしたら『子供たち』も、皆、汪と同じような力を持って生まれてきたら、どうするのですか？　問題は、なにも解決しないことになってしまうと思うのですが……」

「む……？　言われてみれば、そうだな。そのことには、考えが及ばなかった……」

陽は一瞬だけ深刻そうに眉を寄せたが、すぐにまた微笑みを浮かべた。

「いや、まあ、そうなったらそうなったときのことだ。それに……たとえ、そうして跡取りの問題がなかったとしても……俺はお前との間に、もっと子供が欲しい。たくさんの可愛らしい子に囲まれて、家族で賑《にぎ》やかに暮らしたいのだ。だから、俺に五つ子を授けさせてくれ」

「陽様……」

まるで懇願するかのような陽の口調に、羽水は押され気味になる。

いつも自信に溢れていて豪胆な彼に、こんなふうに縋るように『お願い』をされると、羽水はどうも弱い。

陽のことを心から愛しているから、彼の望みをなんでも叶えてあげたくなるのだ。

「羽水、俺の誰よりも愛しい妻よ……」

陽はうっとりと甘い眼差しで、羽水の宙に浮いている膝に、ちゅ、と軽く口付けをした。

「退位後にここで過ごした昔の皇帝夫妻も、子だくさんだった。この屋敷で、さらに三人の子を産み育てたそうだし……。俺たちも、二人にあやかろうではないか」

「で、でも、やっぱり、五つ子はちょっと……あっ？」

陽が腰を引き、またすぐに深く、ぐん、と突き込んでくる。

窄まりの中が引き攣れたようになり、じわっと甘い快感が広がった。息が止まるように感じて口を噤んだ羽水を、陽が甘えるような眼差しで見下ろしてくる。

「羽水……夫の俺の願いを、聞いてくれるだろう？」

「っ……」

陽は腰をゆっくりと波打たせるように動かし、硬く張りつめた雄を前後させ始めた。

突き上げられるたびに、羽水の体内に快感の痺れが、じわじわっ、と広がる。

「ぁっ、ぅ……わ、分かりまし……た」

羽水は息を弾ませて陽を見上げ、掠れる声で言った。

「おお、ではいいのだな？　五つ子を産んでくれるのだな？」

「陽様……でも、子供というのは、作ろうと思っても、そんな……簡単に思ったとおりに授かれるものとは思えません。これまでのことを考えても……」

伊地からの予知の手紙が届いたあと、これまでに何度か、陽は『五つ子を作ろう』と真剣に羽水に持ちかけてきたことがあるが……。

「大丈夫だ、俺に任せておけ。今回こそは、必ず作ってみせる」

陽は大きく腰を遣いながら、上半身を倒して羽水の胸に伸しかかってくる。そのまま床に敷いた夜着の上で羽水の背中を抱き、奥まで何度も突き上げてきた。

「羽水、羽水……よかった、お前を愛しているぞ。お前のように美しく、やさしい心を持った可愛い五つ子が生まれるのが、今から楽しみだ」

「陽、様っ……」

甘く熱い快感の渦《うず》に引き落とされていきながら、羽水も陽の背中をしっかりと抱き返す。汗に濡れた腹から胸までを重ね、彼の耳元で荒い息に混ぜて囁いた。

「僕も、陽様のことを愛していますっ……。愛しています、陽様っ……！」

下からギュッと両腕で強く抱きつき、陽の動きに合わせて、自分からも腰を揺らし――。

二人でお互いへの愛情と快楽の絶頂を何度も追いかけ、その夜は空が白《しら》んでくるまで、深く長く愛し合った。

ラブラブのあとがき♥

この本をお手に取っていただき、ありがとうございます。

皇帝（虎）シリーズの十五冊目になりますこちらの本は、子育て短編集となっております。

これまでに発行されたノベルズ『皇帝は海姫をとろかす』『皇帝は桃香に酔う』『皇帝は巫女姫に溺れる』の主人公たちの、その後のラブラブな子育て生活を垣間見ることができます♪


さて、今回は短編一つ一つにかなり頁数をとることができました。主人公たちのその後の暮らしぶりを詳しく書くことができて、とても楽しかったです。

夫婦の仔虎数まで分かる（？）、素敵な家系図も作ってもらえました！　うれしい〜！

全冊読み返して仔虎の数など調べるのは、すごく大変だっただろうと思います。

ありがとうございます、担当の岩本さん！　そして、デザイナーさん！

ところで、この本に収録されている短編『果胡ちゃんのお願い』ですが……。

初稿を担当さんに提出したあと、だいぶ経ってから、ふと気付きました。

（あっ……？　あれって、もしかして、普通の男女の恋話なんじゃっ……？）

……と。ＢＬの本なのに、ＢＬではないお話を入れてしまった！

しまった、大失敗！　仔虎のお話だったから、他の短編とまったく変わらない感覚で書いてしまった！　と青くなったのですが、よく考えたら、書き始める前に担当さんと内容の相談をして、O．K．をもらったプロットを元に執筆したのでした。

じゃ……じゃあ、いい……のかな？　この本は、BLじゃなくて、仔虎本だから……？

と、ますますBLから離れていくようで、若干不安は残ったままではありますが、とにかく皇帝（虎）のお話をこんなにたくさん書くことができて、幸せを感じています。

いつもこのシリーズを読んでくださっている読者の皆様、最近とても書くのが遅い加納に辛抱強く付き合ってくださっている担当の岩本さん、本当にありがとうございます！

そして、挿絵を描いてくださった松本テマリ先生、ありがとうございます。

表紙のちっちゃい仔虎や、いつにも増してラブラブな雰囲気に、うっとりしています。扉のいろいろなモチーフも、とっても可愛らしいです♪


この本をお読みいただいた方に、少しでもお楽しみいただけましたら幸いです。

また、同シリーズの前六冊分の子育て短編集として、以前に『皇帝ともふもふ子育て♥』というノベルズも発行されていますので、そちらもお読みいただけましたらうれしいです。

二〇一七年十二月吉日

加納　邑

◆初出一覧◆

虎島へ里帰り　／書き下ろし
思い出の砂浜で……♥　／小説ビーボーイ（2015年1月号）掲載
ちゅぱちゅぱ欲の秋　／ビーボーイ&ダリア ノベルフェア2015 in アニメイト特典小冊子(2015年9月)掲載
仔虎のお酒♥　／書き下ろし
果胡ちゃんのお願い　／書き下ろし
不思議な力　／書き下ろし

ビーボーイノベルズをお買い上げいただきありがとうございます。
この本を読んでのご意見・ご感想をお待ちしております。

〒162-0825 東京都新宿区神楽坂6-46
ローベル神楽坂ビル4F
株式会社リブレ内 編集部

アンケート受付中
リブレ公式サイト　http://libre-inc.co.jp
TOPページの「アンケート」からお入りください。

皇帝とラブラブ子育て♥

2018年1月20日　第1刷発行

著者――加納　邑

発行者――太田歳子

発行所――株式会社リブレ

〒162-0825
東京都新宿区神楽坂6-46ローベル神楽坂ビル
営業　電話03(3235)7405　FAX 03(3235)0342
編集　電話03(3235)0317

印刷所――株式会社光邦

Printed in Japan
ISBN 978-4-7997-3267-0